お仕事さくいん

テレビ・映画・エンタメ・出版にかかわるお仕事

はじめに

皆さんは、世の中にどんなお仕事があるか知っていますか？

また、すでにやりたいお仕事が決まっている方もいるかもしれませんね。この本では、声優やタレント、芸人、カメラマン、編集者などのテレビ・映画・エンターテインメントや出版に関連する仕事を幅広く集めてそのお仕事の説明や、どのようなお仕事なのかについて知ることができる本を紹介しています。

タイトルにある「さくいん」とは、知りたいものを探すための入り口のことです。

本のリストから、興味のあるものや、図書館で見つけたものを選んで、「なりたい」仕事を考えるヒントにしてください。

皆さんがこの本を通じて、さまざまな仕事の世界に触れ、未来への第一歩を踏み出すお手伝いができることを願っています。

DBジャパン編集部

この本の使い方

お仕事の名前や、テレビ・映画・エンタメ・出版に関する知識の名前です。

---

2 テレビ、映画、エンタメにかかわる仕事

声優

アニメやゲーム、映画の中でキャラクターに声をあてる仕事で、キャラクターの性格やセリフ、感情に合わせて声を変えたり、感情豊かに演じたりして、そのキャラクターをもっと魅力的に見せる役割を果たします。例えば、元気なキャラクターには明るくてハキハキした声を、怖いキャラクターには低くて怖そうな声を使います。声優は、声だけで感情や性格を伝えるために、たくさんの練習や工夫を重ねます。声優のおかげで、アニメやゲームのキャラクターが生き生きと感じられ、見る人をその世界に引き込むことができます。

▶お仕事について詳しく知るには

『仕事の図鑑:なりたい自分を見つける!.13(人の心を動かす芸術文化の仕事)』「仕事の図鑑」編集委員会 編 あかね書房 2010年3月【学習支援本】
『アンナ流親子ゲンカはガチでいけ!―14歳の世渡り術』土屋アンナ著 河出書房新社 2011年5月【学習支援本】
『職場体験完全ガイド.35』ポプラ社 2013年4月【学習支援本】
『夢のお仕事さがし大図鑑:名作マンガで「すき」を見つける.5』夢のお仕事さがし大図鑑編集委員会 編 日本図書センター 2016年9月【学習支援本】

▶お仕事の様子をお話で読むには

『声優探偵ゆりんの事件簿:舞台に潜む闇』芳村れいな 作;美麻りん 絵 学研パブリッシング(アニメディアブックス) 2013年6月【児童文学】
『スイート・ライン3(オーディション編)』有沢まみず 著 アスキー・メディアワークス(電撃文庫) 2010年3月【ライトノベル・ライト文芸】
『天色のソノリテ』童本さくら 著 一迅社(一迅社文庫アイリス) 2011年2月【ライトノベル・ライト文芸】
『しゅらばら!』岸杯也 著 メディアファクトリー(MF文庫J) 2011年4月【ライトノベル・

お仕事のことや、知識、場所についての説明です。

そのお仕事について書かれた本に、どのようなものがあるのかを紹介しています。

そのお仕事の様子が物語で読める本に、どのようなものがあるのかを紹介しています。

本の情報の見方です。
「本の名前/書いた人や作った人の名前/出版社/出版された年月【本の種類)】」

 この本は、テレビ・映画・エンタメ・出版に関する主なお仕事を紹介していますが、全部の種類のお仕事が入っているわけではありません。また、本のリストもすべてのお仕事に入っているわけではありません。

目次

1 文章、出版にかかわる仕事

編集者 ──────────── 8

ライター、記者、ジャーナリスト ──────────── 17

脚本家、シナリオライター ──────────── 24

ゴーストライター ──────────── 25

詩人、俳人、歌人 ──────────── 26

ブロガー ──────────── 29

翻訳家 ──────────── 30

校閲者 ──────────── 31

文芸評論家 ──────────── 32

著作権エージェント ──────────── 32

出版業 ──────────── 33

印刷業 ──────────── 36

新聞社 ──────────── 37

その他作家一般 ──────────── 38

2 テレビ、映画、エンタメにかかわる仕事

タレント、俳優 ──────────── 58

アイドル ──────────── 62

声優	64
アナウンサー、リポーター、キャスター	67
お笑い芸人	69
ラジオパーソナリティー	71
プロデューサー	72
放送作家、構成作家	73
アニメーター	74
スタントマン	75
タイムキーパー	75
アシスタントディレクター（AD）	76
照明技師	76
監督、演出家、ディレクター	77
カメラマン、フォトグラファー、写真家	80
音声・音響スタッフ	85
美術、大道具、小道具スタッフ	86
テレビ局	87
芸能事務所	87
芸能マネージャー	88
映画宣伝、映画配給	90

3 広告にかかわる仕事

クリエイティブディレクター	92

コピーライター ―――――――――――――――― 92

CMプランナー ―――――――――――――――― 93

DTPデザイナー ―――――――――――――――― 94

広告代理店（こうこくだいりてん）―――――――――――――――― 94

広告業（こうこくぎょう）―――――――――――――――――――― 95

4 テレビ、映画（えいが）、エンタメ、出版（しゅっぱん）に関（かん）する知識（ちしき）

マーケティング ―――――――――――――――― 98

マスメディア ――――――――――――――――― 99

ラジオ ―――――――――――――――――――― 100

校正（こうせい）、校閲（こうえつ）――――――――――――― 101

プロモーション ――――――――――――――― 102

Web・インターネット広告（こうこく）――――――――― 103

以下（いか）のお仕事（しごと）や知識（ちしき）についても、本書（ほんしょ）のテーマに関（かか）わりますが
『お仕事（しごと）さくいん』シリーズの既刊本（きかんぼん）に掲載（けいさい）されています。

○漫画家（まんがか）、歌手（かしゅ）、音楽家（おんがくか）、ミュージシャン一般（いっぱん）
→『お仕事（しごと）さくいん　芸術（げいじゅつ）や音楽（おんがく）にかかわるお仕事（しごと）』に掲載（けいさい）。

○著作権（ちょさくけん）
→『お仕事（しごと）さくいん　新時代（しんじだい）のIT・ゲーム・デジタルクリエイティブにかかわるお仕事（しごと）』に掲載（けいさい）。

1

文章、出版にかかわる仕事

編集者

本や雑誌、記事を作る仕事で、記事やページ内容を考えたり、著者（書く人）や漫画家が書いた文章や漫画を読み、読者（読む人）がわかりやすい内容に手直しをします。例えば、文章の誤字や脱字（間違い）をチェックし、どこに何を書くか決めます。また、写真やイラストを選び、全体のレイアウトを考えて、見た目もきれいにまとめます。編集者は、読者が楽しんで読めるように内容をチェックし、作家やデザイナーと協力して良い作品を仕上げます。

▶お仕事について詳しく知るには

「職場体験完全ガイド 25」ポプラ社　2011年3月【学習支援本】

「マスコミ芸能創作のしごと：人気の職業早わかり！」PHP研究所編　PHP研究所　2011年6月【学習支援本】

「職場体験完全ガイド.48」ポプラ社　2016年4月【学習支援本】

▶お仕事の様子をお話で読むには

「やっぱりあたしが編集長!?：ハピ☆スタ編集部」梨屋アリエ作;甘塩コメコ画　金の星社（フォア文庫）2010年9月【児童文学】

「ユーレイ城のなぞ：冒険作家ジェロニモ・スティルトン」ジェロニモ・スティルトン作;加門ベル訳　講談社　2011年6月【児童文学】

「ジャングルを脱出せよ！：冒険作家ジェロニモ・スティルトン」ジェロニモ・スティルトン作;加門ベル訳　講談社　2011年12月【児童文学】

「いつのまにデザイナー!?：ハピ☆スタ編集部 4 愛蔵版」梨屋アリエ作;甘塩コメコ画　金の星社　2012年3月【児童文学】

「インタビューはムリですよう！：ハピ☆スタ編集部 3 愛蔵版」梨屋アリエ作;甘塩コメコ画　金の星社　2012年3月【児童文学】

「やっぱりあたしが編集長!?：ハピ☆スタ編集部 6 愛蔵版」梨屋アリエ作;甘塩コメコ画

金の星社　2012年3月【児童文学】

「レポーターなんてムリですぅ！：ハピ☆スタ編集部 2 愛蔵版」　梨屋アリエ作;甘塩コメコ画　金の星社　2012年3月【児童文学】

「ゆめの中でピストル」　寺村輝夫作;北田卓史絵　復刊ドットコム　2014年5月【児童文学】

「おもしろい話、集めました。 3」　こぐれ京作;雨蛙ミドリ作;川崎美羽作;深海ゆずは作;あさばみゆき作　KADOKAWA（角川つばさ文庫）　2014年11月【児童文学】

「おもしろい話、集めました。 G」　深海ゆずは作;あさばみゆき作;遠藤まり作;月ゆき作　KADOKAWA（角川つばさ文庫）　2015年11月【児童文学】

「響-HIBIKI-」　柳本光晴原作;西田征史脚本;時海結以著　小学館（小学館ジュニア文庫）　2018年8月【児童文学】

「伝染する怪談みんなの本」　緑川聖司作;竹岡美穂絵　ポプラ社（ポプラポケット文庫）　2019年12月【児童文学】

「伝染する怪談みんなの本 図書館版―本の怪談シリーズ；16」　緑川聖司作;竹岡美穂絵　ポプラ社　2020年4月【児童文学】

「スイッチ！×こちらパーティー編集部っ！：私たち、入れ替わっちゃった!?」　深海ゆずは作;加々見絵里絵;榎木りか絵　KADOKAWA（角川つばさ文庫）　2020年9月【児童文学】

「三流木萌花は名担当! 3」　田ロー著　メディアファクトリー（MF文庫J）　2010年3月【ライトノベル・ライト文芸】

「明日葉-Files Season 1」　本田透著　幻冬舎コミックス（幻狼fantasia novels）　2010年4月【ライトノベル・ライト文芸】

「明日葉-Files Season 2」　本田透著　幻冬舎コミックス（幻狼fantasia novels）　2010年8月【ライトノベル・ライト文芸】

「闇長姫」　早見裕司著　講談社（講談社box）　2011年2月【ライトノベル・ライト文芸】

「犬とハサミは使いよう 2」　更伊俊介著　エンターブレイン（ファミ通文庫）　2011年5月【ライトノベル・ライト文芸】

「半熟作家と"文学少女"な編集者（ミューズ）」　野村美月著　エンターブレイン（ファミ通文庫）　2011年5月【ライトノベル・ライト文芸】

「犬とハサミは使いよう 3」　更伊俊介著　エンターブレイン（ファミ通文庫）　2011年9月【ライトノベル・ライト文芸】

「犬とハサミは使いよう Dog Ears 1」　更伊俊介著　エンターブレイン（ファミ通文庫 = Famitsu Bunko）　2011年11月【ライトノベル・ライト文芸】

「その時までサヨナラ」　山田悠介著　文芸社（文芸社文庫）　2012年2月【ライトノベル・ライト文芸】

「犬とハサミは使いよう 4」　更伊俊介著　エンターブレイン（ファミ通文庫）　2012年3月【ライトノベル・ライト文芸】

「密室（ひめむろ）の如き籠るもの」　三津田信三著　講談社（講談社文庫）　2012年5月【ライトノベル・ライト文芸】

1 文章、出版にかかわる仕事

「犬とハサミは使いよう 5」　更伊俊介著　エンターブレイン（ファミ通文庫）　2012年7月【ライトノベル・ライト文芸】

「犬とハサミは使いようDog Ears 2」　更伊俊介著　エンターブレイン（ファミ通文庫）　2012年10月【ライトノベル・ライト文芸】

「コンビニたそがれ堂 空の童話」　村山早紀著　ポプラ社（ポプラ文庫ピュアフル）　2013年1月【ライトノベル・ライト文芸】

「犬とハサミは使いよう 6」　更伊俊介著　エンターブレイン（ファミ通文庫）　2013年2月【ライトノベル・ライト文芸】

「オツベルと笑う水曜日」　成田良悟著　アスキー・メディアワークス（メディアワークス文庫）　2013年6月【ライトノベル・ライト文芸】

「犬とハサミは使いよう 7 特装版」　更伊俊介著　エンターブレイン（ファミ通文庫）　2013年7月【ライトノベル・ライト文芸】

「犬とハサミは使いよう 7」　更伊俊介著　エンターブレイン（ファミ通文庫）　2013年7月【ライトノベル・ライト文芸】

「犬とハサミは使いようDog Ears 3」　更伊俊介著　エンターブレイン（ファミ通文庫）　2013年9月【ライトノベル・ライト文芸】

「巡る天使の走馬燈」　宮村優著　一二三書房（桜ノ杜ぶんこ）　2013年11月【ライトノベル・ライト文芸】

「百蛇堂：怪談作家の語る話」　三津田信三著　講談社（講談社文庫）　2013年12月【ライトノベル・ライト文芸】

「犬とハサミは使いよう 10 特装版」　更伊俊介著　KADOKAWA（ファミ通文庫）　2014年1月【ライトノベル・ライト文芸】

「城ケ崎奈央と電撃文庫作家になるための10のメソッド」　五十嵐雄策著　KADOKAWA（電撃文庫）　2014年1月【ライトノベル・ライト文芸】

「迷宮庭園：華術師宮籠彩人の謎解き」　篠原美季著　新潮社（新潮文庫 nex）　2014年1月【ライトノベル・ライト文芸】

「犬とハサミは使いよう 8」　更伊俊介著　KADOKAWA（ファミ通文庫）　2014年2月【ライトノベル・ライト文芸】

「つれづれ、北野坂探偵舎 [3] (ゴーストフィクション)」　河野裕著　KADOKAWA（角川文庫）　2014年3月【ライトノベル・ライト文芸】

「よろず一夜のミステリー [5] (枝の表象)」　篠原美季著　新潮社（新潮文庫）　2014年6月【ライトノベル・ライト文芸】

「犬とハサミは使いよう 9」　更伊俊介著　KADOKAWA（ファミ通文庫）　2014年6月【ライトノベル・ライト文芸】

「授賞式に間に合えば：長編ユーモア・サスペンス 新装版」　赤川次郎著　光文社（光文社文庫）　2014年6月【ライトノベル・ライト文芸】

「ホラー作家・宇佐見右京の他力本願な日々」　佐々木禎子著　KADOKAWA（富士見L文庫）

2014年8月【ライトノベル・ライト文芸】

「オレと彼女の萌えよペン」　村上凛著　KADOKAWA（富士見ファンタジア文庫）　2014年10月【ライトノベル・ライト文芸】

「犬とハサミは使いよう 10」　更伊俊介著　KADOKAWA（ファミ通文庫）　2014年10月【ライトノベル・ライト文芸】

「西川麻子は地理が好き。」　青柳碧人著　文藝春秋（文春文庫）　2014年11月【ライトノベル・ライト文芸】

「雨ときどき、編集者」　近江泉美著　KADOKAWA（メディアワークス文庫）　2015年1月【ライトノベル・ライト文芸】

「つれづれ、北野坂探偵舎 [4] (感情を売る非情な職業)」　河野裕著　KADOKAWA（角川文庫）　2015年3月【ライトノベル・ライト文芸】

「ホラー作家・宇佐見右京の他力本願な日々 2」　佐々木禎子著　KADOKAWA（富士見L文庫）　2015年3月【ライトノベル・ライト文芸】

「ルック・バック・イン・アンガー」　樋口毅宏著　祥伝社（祥伝社文庫）　2015年4月【ライトノベル・ライト文芸】

「ノロワレ：怪奇作家真木夢人と幽霊マンション 上」　甲田学人著　KADOKAWA（メディアワークス文庫）　2015年6月【ライトノベル・ライト文芸】

「マンガの神様 = GOD OF MANGA 2」　蘇之一行著　KADOKAWA（電撃文庫）　2015年7月【ライトノベル・ライト文芸】

「星空のコンシェルジュ = concierge of the starry sky」　光野鈴著　KADOKAWA（メディアワークス文庫）　2015年7月【ライトノベル・ライト文芸】

「生物学者山田博士の聖域（サンクチュアリ）」　松尾佑一著　KADOKAWA（角川文庫）　2015年7月【ライトノベル・ライト文芸】

「猫入りチョコレート事件：見習い編集者・真島のよろず探偵簿」　藤野恵美著　ポプラ社（ポプラ文庫ピュアフル）　2015年7月【ライトノベル・ライト文芸】

「ノロワレ：怪奇作家真木夢人と幽霊マンション 中」　甲田学人著　KADOKAWA（メディアワークス文庫）　2015年9月【ライトノベル・ライト文芸】

「バクマン。」　大場つぐみ原作;小畑健原作;久麻當郎小説;大根仁脚本　集英社（JUMP J BOOKS）　2015年9月【ライトノベル・ライト文芸】

「編集ガール!」　五十嵐貴久著　祥伝社（祥伝社文庫）　2015年9月【ライトノベル・ライト文芸】

「かなりや荘浪漫 [2] (星めざす翼)」　村山早紀著　集英社（集英社オレンジ文庫）　2015年11月【ライトノベル・ライト文芸】

「花想空間の宴：華術師宮籠彩人の謎解き」　篠原美季著　新潮社（新潮文庫nex）　2015年11月【ライトノベル・ライト文芸】

「老子収集狂事件―見習い編集者・真島のよろず探偵簿」　藤野恵美著　ポプラ社（ポプラ文庫ピュアフル）　2015年11月【ライトノベル・ライト文芸】

1 文章、出版にかかわる仕事

「ふしぎ探偵竜翔」 小沢章友著 文芸社(文芸社文庫) 2015年12月【ライトノベル・ライト文芸】

「妖怪と小説家」 野梨原花南著 KADOKAWA(富士見L文庫) 2015年12月【ライトノベル・ライト文芸】

「天空のミラクル」 村山早紀著 ポプラ社(ポプラ文庫ピュアフル) 2016年1月【ライトノベル・ライト文芸】

「オレと彼女の萌えよペン 増刊号」 村上凛著 KADOKAWA(富士見ファンタジア文庫) 2016年2月【ライトノベル・ライト文芸】

「きつね王子とひとつ屋根の下」 かたやま和華著 集英社(集英社オレンジ文庫) 2016年2月【ライトノベル・ライト文芸】

「スープ屋しずくの謎解き朝ごはん [2] (今日を迎えるためのポタージュ)」 友井羊著 宝島社(宝島社文庫) 2016年2月【ライトノベル・ライト文芸】

「水仙の夢―竜宮ホテル」 村山早紀著 徳間書店(徳間文庫) 2016年2月【ライトノベル・ライト文芸】

「お遍路ガールズ」 又井健太著 角川春樹事務所(ハルキ文庫) 2016年3月【ライトノベル・ライト文芸】

「ノロワレ:怪奇作家真木夢人と幽霊マンション 下」 甲田学人著 KADOKAWA(メディアワークス文庫) 2016年4月【ライトノベル・ライト文芸】

「はんざい漫才」 愛川晶著 文藝春秋(文春文庫) 2016年4月【ライトノベル・ライト文芸】

「京都寺町三条のホームズ 4」 望月麻衣著 双葉社(双葉文庫) 2016年4月【ライトノベル・ライト文芸】

「ホタル探偵の京都はみだし事件簿」 山木美里著 実業之日本社(実業之日本社文庫) 2016年6月【ライトノベル・ライト文芸】

「京都寺町三条のホームズ 5」 望月麻衣著 双葉社(双葉文庫) 2016年8月【ライトノベル・ライト文芸】

「校閲ガール」 宮木あや子著 KADOKAWA(角川文庫) 2016年8月【ライトノベル・ライト文芸】

「ある小説家をめぐる一冊」 栗原ちひろ著 KADOKAWA(富士見L文庫) 2016年12月【ライトノベル・ライト文芸】

「怪奇編集部『トワイライト』」 瀬川貴次著 集英社(集英社オレンジ文庫) 2016年12月【ライトノベル・ライト文芸】

「編集さんとJK作家の正しいつきあい方」 あさのハジメ著 KADOKAWA(富士見ファンタジア文庫) 2017年3月【ライトノベル・ライト文芸】

「憧れの作家は人間じゃありませんでした」 澤村御影著 KADOKAWA(角川文庫) 2017年4月【ライトノベル・ライト文芸】

「消えてなくなっても」 椰月美智子著 KADOKAWA(角川文庫) 2017年5月【ライトノベル・ライト文芸】

「先生、原稿まだですか！：新米編集者、ベストセラーを作る」　織川制吾著　集英社(集英社オレンジ文庫)　2017年5月【ライトノベル・ライト文芸】

「校閲ガール ア・ラ・モード」　宮木あや子著　KADOKAWA(角川文庫)　2017年6月【ライトノベル・ライト文芸】

「エディター！：編集ガールの取材手帖」　上倉えり著　KADOKAWA(富士見L文庫)　2017年7月【ライトノベル・ライト文芸】

「ひとり旅の神様 2」　五十嵐雄策著　KADOKAWA(メディアワークス文庫)　2017年7月【ライトノベル・ライト文芸】

「彼女はもどらない」　降田天著　宝島社(宝島社文庫)　2017年7月【ライトノベル・ライト文芸】

「美少女作家と目指すミリオンセラアァァァァァァァッ!!」　春日部タケル著　KADOKAWA(角川スニーカー文庫)　2017年7月【ライトノベル・ライト文芸】

「編集さんとJK作家の正しいつきあい方 2」　あさのハジメ著　KADOKAWA(富士見ファンタジア文庫)　2017年7月【ライトノベル・ライト文芸】

「六道先生の原稿は順調に遅れています」　峰守ひろかず著　KADOKAWA(富士見L文庫)　2017年7月【ライトノベル・ライト文芸】

「奇奇奇譚編集部：ホラー作家はおばけが怖い」　木犀あこ著　KADOKAWA(角川ホラー文庫)　2017年9月【ライトノベル・ライト文芸】

「語り部は悪魔と本を編む」　川添枯美著　KADOKAWA(ファミ通文庫)　2017年9月【ライトノベル・ライト文芸】

「憧れの作家は人間じゃありませんでした 2」　澤村御影著　KADOKAWA(角川文庫)　2017年9月【ライトノベル・ライト文芸】

「臨界シンドローム：不条心理カウンセラー・雪丸十門診療奇談」　堀井拓馬著　KADOKAWA(角川ホラー文庫)　2017年9月【ライトノベル・ライト文芸】

「マンガハウス!」　桜井美奈著　光文社(光文社文庫)　2017年10月【ライトノベル・ライト文芸】

「僕とキミの15センチ：ショートストーリーズ」　井上堅二ほか著　KADOKAWA(ファミ通文庫)　2017年10月【ライトノベル・ライト文芸】

「歌うエスカルゴ」　津原泰水著　角川春樹事務所(ハルキ文庫)　2017年11月【ライトノベル・ライト文芸】

「怪奇編集部『トワイライト』2」　瀬川貴次著　集英社(集英社オレンジ文庫)　2017年11月【ライトノベル・ライト文芸】

「美少女作家と目指すミリオンセラアァァァァァァァッ!! 2」　春日部タケル著　KADOKAWA(角川スニーカー文庫)　2017年11月【ライトノベル・ライト文芸】

「編集長殺し ＝ Killing Editor In chief」　川岸殴魚著　小学館(ガガガ文庫)　2017年12月【ライトノベル・ライト文芸】

「六道先生の原稿は順調に遅れています 2」　峰守ひろかず著　KADOKAWA(富士見L文庫)

1 文章、出版にかかわる仕事

2018年1月【ライトノベル・ライト文芸】

「だいきょう商店街の招き猫：人生の大吉拾いました」　鳩村衣杏著　KADOKAWA（富士見L文庫）　2018年2月【ライトノベル・ライト文芸】

「ウチのセンセーは、今日も失踪中」　山本幸久著　幻冬舎（幻冬舎文庫）　2018年3月【ライトノベル・ライト文芸】

「奇奇奇譚編集部 [2]」　木犀あこ著　KADOKAWA（角川ホラー文庫）　2018年3月【ライトノベル・ライト文芸】

「憧れの作家は人間じゃありませんでした 3」　澤村御影著　KADOKAWA（角川文庫）　2018年3月【ライトノベル・ライト文芸】

「次回作にご期待下さい」　問乃みさき著　KADOKAWA（角川文庫）　2018年4月【ライトノベル・ライト文芸】

「浅草和裁工房花色衣：着物の問題承ります」　江本マシメサ著　小学館（小学館文庫キャラブン！）　2018年4月【ライトノベル・ライト文芸】

「美少女作家と目指すミリオンセラアアアアアアアッ!! 3」　春日部タケル著　KADOKAWA（角川スニーカー文庫）　2018年4月【ライトノベル・ライト文芸】

「編集長殺し = Killing Editor In chief 2」　川岸殴魚著　小学館（ガガガ文庫）　2018年4月【ライトノベル・ライト文芸】

「女神様の料理帖」　相内藍著　小学館（小学館文庫キャラブン！）　2018年5月【ライトノベル・ライト文芸】

「作家探偵は〆切を守らない：ヒラめいちゃうからしょうがない！」　小野上明夜著　一迅社（メゾン文庫）　2018年7月【ライトノベル・ライト文芸】

「妹が泣いてるんで帰ります。：兄がデスマーチに巻き込まれた時、妹が取るべき10の対策」　田尾典丈著　KADOKAWA（MF文庫J）　2018年7月【ライトノベル・ライト文芸】

「六道先生の原稿は順調に遅れています 3」　峰守ひろかず著　KADOKAWA（富士見L文庫）　2018年7月【ライトノベル・ライト文芸】

「美少女作家と目指すミリオンセラアアアアアアアッ!! 4」　春日部タケル著　KADOKAWA（角川スニーカー文庫）　2018年8月【ライトノベル・ライト文芸】

「編集長殺し = Killing Editor In chief 3」　川岸殴魚著　小学館（ガガガ文庫）　2018年8月【ライトノベル・ライト文芸】

「スクープのたまご」　大崎梢著　文藝春秋（文春文庫）　2018年9月【ライトノベル・ライト文芸】

「奇奇奇譚編集部 [3]」　木犀あこ著　KADOKAWA（角川ホラー文庫）　2018年9月【ライトノベル・ライト文芸】

「女神様の料理帖 [2]」　相内藍著　小学館（小学館文庫キャラブン!）　2018年9月【ライトノベル・ライト文芸】

「校閲ガール トルネード」　宮木あや子著　KADOKAWA（角川文庫）　2018年10月【ライトノベル・ライト文芸】

「次回作にご期待下さい 2」 問乃みさき著　KADOKAWA（角川文庫）　2018年10月【ライトノベル・ライト文芸】

「つれづれ、北野坂探偵舎 [6]」 河野裕著　KADOKAWA（角川文庫）　2018年11月【ライトノベル・ライト文芸】

「ニャン氏の童心」 松尾由美著　東京創元社（創元推理文庫）　2018年11月【ライトノベル・ライト文芸】

「怪奇編集部『トワイライト』3」 瀬川貴次著　集英社（集英社オレンジ文庫）　2018年11月【ライトノベル・ライト文芸】

「編集長殺し = Killing Editor In chief 4」 川岸殴魚著　小学館（ガガガ文庫）　2018年12月【ライトノベル・ライト文芸】

「美少女作家と目指すミリオンセラアアアアアアアッ!! 5」 春日部タケル著　KADOKAWA（角川スニーカー文庫）　2019年1月【ライトノベル・ライト文芸】

「編集長殺し = Killing Editor In chief 5」 川岸殴魚著　小学館（ガガガ文庫）　2019年4月【ライトノベル・ライト文芸】

「すべては装丁内 = All is inside the binding」 木緒なち著　LINE（LINE文庫）　2019年10月【ライトノベル・ライト文芸】

「かなりや荘浪漫 2」 村山早紀著　PHP研究所（PHP文芸文庫）　2020年1月【ライトノベル・ライト文芸】

「隠れ漫画家さんと飯スタントな魔人さん：〆切前のニラ玉チャーハン」 編乃肌著　マイナビ出版（ファン文庫）　2020年4月【ライトノベル・ライト文芸】

「小説の神様：わたしたちの物語：小説の神様アンソロジー」 相沢沙呼著ほか著;文芸第三出版部編　講談社（講談社タイガ）　2020年4月【ライトノベル・ライト文芸】

「俺サマ作家に書かせるのがお仕事です!」 あさぎ千夜春著　三交社（スカイハイ文庫）　2020年6月【ライトノベル・ライト文芸】

「泣き終わったらごはんにしよう」 武内昌美著　小学館（小学館文庫）　2020年6月【ライトノベル・ライト文芸】

「うちの作家は推理ができない」 なみあと著　二見書房（二見サラ文庫）　2020年8月【ライトノベル・ライト文芸】

「新米編集者・春原美琴はくじけない」 和泉弐式著　KADOKAWA（メディアワークス文庫）　2020年8月【ライトノベル・ライト文芸】

「はい、こちら「月刊陰陽師」編集部です。」 遠藤遼著　スターツ出版（スターツ出版文庫）　2020年11月【ライトノベル・ライト文芸】

「けいたん。：ライトノベルは素敵なお仕事。多分?」 榊一郎著　講談社（講談社ラノベ文庫）　2020年12月【ライトノベル・ライト文芸】

「ヒロインレースはもうやめませんか?：告白禁止条約」 旭蓑雄著　KADOKAWA（電撃文庫）　2020年12月【ライトノベル・ライト文芸】

「東京駅・大阪駅であった泣ける話：5分で読める12編のアンソロジー」 朝比奈歩著;ひらび

1 文章、出版にかかわる仕事

久美著;桔梗楓著;鳩見すた著;溝口智子著;朝来みゆか著;矢凪著;遠原嘉乃著;杉背よい著;水城正太郎著;石田空著;猫屋ちゃき著　マイナビ出版　2021年5月【ライトノベル・ライト文芸】

「ホラー作家八街七瀬の、伝奇小説事件簿」　竹林七草 著　集英社　2021年6月【ライトノベル・ライト文芸】

「アリスの国の殺人 新装版」　辻真先 著　徳間書店　2021年7月【ライトノベル・ライト文芸】

「彼方のゴールド」　大崎梢 著　文藝春秋　2021年7月【ライトノベル・ライト文芸】

「〆切前には百合が捗る 2」　平坂読著　SBクリエイティブ（GA文庫）　2021年10月【ライトノベル・ライト文芸】

「捜し物屋まやま 2」　木原音瀬 著　集英社　2021年10月【ライトノベル・ライト文芸】

「おばさん探偵ミス・メープル [3]」　柊坂明日子著　小学館　2021年11月【ライトノベル・ライト文芸】

「結婚が前提のラブコメ 5」　栗ノ原草介著　小学館　2021年11月【ライトノベル・ライト文芸】

「作家ごはん」　福澤徹三 [著]　講談社　2021年11月【ライトノベル・ライト文芸】

「忌木のマジナイ：作家・那々木悠志郎、最初の事件」　阿泉来堂 [著]　KADOKAWA　2021年12月【ライトノベル・ライト文芸】

ライター、記者、ジャーナリスト

記事や本を書くために情報を集める仕事です。例えば、ニュースを取材して文章にまとめたり、人に話を聞いてその内容を記事にしたりします。また、インタビュアーは、特別な人や専門家にインタビューして、その内容をわかりやすくまとめる人です。彼らは、読者が興味を持つ話題や新しい情報を見つけ、楽しく読めるように工夫します。正確な情報を集めて、読者に伝えるために文章力と取材力を駆使します。

▶お仕事について詳しく知るには

「職場体験完全ガイド.17」 ポプラ社 2010年3月【学習支援本】

「マスコミ芸能創作のしごと:人気の職業早わかり!」 PHP研究所編 PHP研究所 2011年6月【学習支援本】

「新聞記者:現代史を記録する」 若宮啓文著 筑摩書房(ちくまプリマー新書) 2013年9月【学習支援本】

▶お仕事の様子をお話で読むには

「ラスト★ショット」 ジョン・ファインスタイン作;唐沢則幸訳 評論社(海外ミステリーbox) 2010年1月【児童文学】

「『愛』との戦い:こちら妖怪新聞社!」 藤木稟作;清野静流絵 講談社(講談社青い鳥文庫) 2010年2月【児童文学】

「激突!伝説の退魔師:こちら妖怪新聞社!」 藤木稟作;清野静流絵 講談社(講談社青い鳥文庫) 2010年7月【児童文学】

「世界がぼくらをまっている!―わくわくライブラリー」 工藤有為子作;あべ弘士絵 講談社 2010年9月【児童文学】

「ザルつくりのサル:東君平のおはようどうわ 冬のおはなし」 東君平絵・おはなし 新日本出版社 2010年10月【児童文学】

「夏の記者」 福田隆浩著 講談社 2010年10月【児童文学】

「ガリバー旅行記」 サラ・ウィルソン著;東京ゴールデン商会訳;はしもとしん絵 角川書店

1 文章、出版にかかわる仕事

2011年3月【児童文学】

「カイト：パレスチナの風に希望をのせて」　マイケル・モーパーゴ作;ローラ・カーリン絵;杉田七重訳　あかね書房　2011年6月【児童文学】

「らっしゃい!」　松本梨江文;えもときよひこ絵　石風社　2011年8月【児童文学】

「小説タンタンの冒険」　アレックス・アーバイン文;スティーヴン・モファット脚本;エドガー・ライト脚本;ジョー・コーニッシュ脚本;石田文子訳　角川書店（角川つばさ文庫）　2011年11月【児童文学】

「魔狼、月に吠える―大江戸妖怪かわら版；6」　香月日輪作　理論社　2011年11月【児童文学】

「ジュディ・モード、世界をまわる!―ジュディ・モードとなかまたち；7」　メーガン・マクドナルド作;ピーター・レイノルズ絵;宮坂宏美訳　小峰書店　2012年4月【児童文学】

「ボニンアイランドの夏：ふたつの国の間でゆれた小笠原」　佐藤真澄著　汐文社　2012年11月【児童文学】

「いーある!妖々新聞社1（キョンシーをつかまえろ!）」　橋本愛理作;AMG出版工房作;あげ子絵　ポプラ社（ポプラポケット文庫）　2013年6月【児童文学】

「大江戸散歩―大江戸妖怪かわら版；7」　香月日輪作　理論社　2014年1月【児童文学】

「耳なし芳一からの手紙：名探偵浅見光彦の事件簿」　内田康夫作;青山浩行絵　講談社（講談社青い鳥文庫）　2014年11月【児童文学】

「ロスト・ワールド：失われた世界　新装版」　アーサー・コナン・ドイル作;菅紘訳;小副川智也絵　講談社（講談社青い鳥文庫）　2015年8月【児童文学】

「しまなみ幻想：名探偵浅見光彦の事件簿」　内田康夫作;青山浩行絵　講談社（講談社青い鳥文庫）　2015年11月【児童文学】

「怪盗探偵山猫」　神永学作;ひと和絵　KADOKAWA（角川つばさ文庫）　2016年1月【児童文学】

「すべては平和のために―文学のピースウォーク」　濱野京子作;白井裕子絵　新日本出版社　2016年5月【児童文学】

「ねずみたんていノート　ジェロニモとダ・ヴィンチュ・コードのなぞ―世界の名作絵ものがたり」　ジェロニモ・スティルトン作;やまもと妹子絵;飯野眞由美翻訳協力　KADOKAWA　2017年2月【児童文学】

「ねずみたんていノート　ジェロニモとばけネコ地下鉄のなぞ―世界の名作絵ものがたり」　ジェロニモ・スティルトン作;やまもと妹子絵;飯野眞由美翻訳協力　KADOKAWA　2017年8月【児童文学】

「七時間目のUFO研究　新装版」　藤野恵美作;朝日川日和絵　講談社（講談社青い鳥文庫）　2017年11月【児童文学】

「新聞記者は、せいぎの味方?：おしごとのおはなし新聞記者―シリーズおしごとのおはなし」　みうらかれん作;宮尾和孝絵　講談社　2018年1月【児童文学】

「トラの子を助けだせ!―野生どうぶつを救え!本当にあった涙の物語」　ルイーザ・リーマン

著;嶋田香訳　KADOKAWA　2018年3月【児童文学】

「トラの子を助けだせ! 愛蔵版ー野生どうぶつを救え!本当にあった涙の物語」　ルイーザ・リーマン著;嶋田香訳　KADOKAWA　2018年6月【児童文学】

「夏空白花」　須賀しのぶ著　ポプラ社　2018年7月【児童文学】

「らくだい記者と白雪のドレスーおはなしガーデン；55. なんでも魔女商会；26」　あんびるやすこ著　岩崎書店　2018年12月【児童文学】

「ママは十二さい 1」　服部千春作;川野辺絵　講談社（講談社青い鳥文庫）　2021年6月【児童文学】

「ママは十二さい 2」　服部千春作;川野辺絵　講談社（講談社青い鳥文庫）　2021年12月【児童文学】

「万能鑑定士Qの事件簿 1」　松岡圭祐著　角川書店（角川文庫）　2010年4月【ライトノベル・ライト文芸】

「万能鑑定士Qの事件簿 2」　松岡圭祐著　角川書店（角川文庫）　2010年4月【ライトノベル・ライト文芸】

「万能鑑定士Qの事件簿 3」　松岡圭祐著　角川書店（角川文庫）　2010年5月【ライトノベル・ライト文芸】

「万能鑑定士Qの事件簿 4」　松岡圭祐著　角川書店（角川文庫）　2010年6月【ライトノベル・ライト文芸】

「万能鑑定士Qの事件簿 5」　松岡圭祐著　角川書店（角川文庫）　2010年8月【ライトノベル・ライト文芸】

「万能鑑定士Qの事件簿 6」　松岡圭祐著　角川書店（角川文庫）　2010年10月【ライトノベル・ライト文芸】

「万能鑑定士Qの事件簿 7」　松岡圭祐著　角川書店（角川文庫）　2010年12月【ライトノベル・ライト文芸】

「万能鑑定士Qの事件簿 8」　松岡圭祐著　角川書店（角川文庫）　2011年2月【ライトノベル・ライト文芸】

「万能鑑定士Qの事件簿 9」　松岡圭祐著　角川書店（角川文庫）　2011年4月【ライトノベル・ライト文芸】

「Gideon : The man whom God disliked」　竹安佐和記原案・監修;大竹康師著　富士見書房（富士見dragon book）　2011年5月【ライトノベル・ライト文芸】

「仁義なきギャル組長ーこのミス大賞」　中村啓著　宝島社（宝島社文庫）　2011年5月【ライトノベル・ライト文芸】

「リスの窒息」　石持浅海著　朝日新聞出版（朝日ノベルズ）　2011年6月【ライトノベル・ライト文芸】

「万能鑑定士Qの事件簿 10」　松岡圭祐著　角川書店（角川文庫）　2011年6月【ライトノベル・ライト文芸】

「万能鑑定士Qの事件簿 11」　松岡圭祐著　角川書店（角川文庫）　2011年8月【ライトノベ

1 文章、出版にかかわる仕事

ル・ライト文芸】

「万能鑑定士Qの事件簿 12」 松岡圭祐著　角川書店（角川文庫）　2011年10月【ライトノベル・ライト文芸】

「壺中の天国 下」 倉知淳著　東京創元社（創元推理文庫）　2011年12月【ライトノベル・ライト文芸】

「Dカラーバケーション：インディゴの夜」 加藤実秋著　東京創元社（創元推理文庫）　2012年2月【ライトノベル・ライト文芸】

「インディゴの夜」 加藤実秋著　集英社（集英社文庫）　2013年4月【ライトノベル・ライト文芸】

「眼球堂の殺人：The Book」 周木律著　講談社（講談社ノベルス）　2013年4月【ライトノベル・ライト文芸】

「サンクトゥス 下」 サイモン・トイン著;土屋晃訳　アルファポリス（アルファポリス文庫）　2014年9月【ライトノベル・ライト文芸】

「サンクトゥス 上」 サイモン・トイン著;土屋晃訳　アルファポリス（アルファポリス文庫）　2014年9月【ライトノベル・ライト文芸】

「怪盗探偵山猫：虚像のウロボロス」 神永学著　KADOKAWA（角川文庫）　2014年10月【ライトノベル・ライト文芸】

「街角で謎が待っている―がまくら市事件」 秋月涼介著;北山猛邦著;越谷オサム著;桜坂洋著;村崎友著;米澤穂信著　東京創元社（創元推理文庫）　2014年12月【ライトノベル・ライト文芸】

「〈潜入〉医師狩りの村」 小林深亜著　宝島社（宝島社文庫）　2015年2月【ライトノベル・ライト文芸】

「Occultic;Nine：超常科学NVL 2」 志倉千代丸著　オーバーラップ（オーバーラップ文庫）　2015年4月【ライトノベル・ライト文芸】

「かみさま新聞、増刷中。：出雲新聞編集局日報」 霧友正規著　KADOKAWA（富士見L文庫）　2015年5月【ライトノベル・ライト文芸】

「ルカの方舟」 伊与原新著　講談社（講談社文庫）　2015年10月【ライトノベル・ライト文芸】

「かみさま新聞、恋結び?―出雲新聞編集局日報」 霧友正規著　KADOKAWA（富士見L文庫）　2015年11月【ライトノベル・ライト文芸】

「アドカレ！：戸山大学広告代理店の挑戦」 森晶麿著　KADOKAWA（富士見L文庫）　2016年1月【ライトノベル・ライト文芸】

「イングレスエージェント・ストーリーズ 01」 土屋つかさ;渡辺浩弐著　星海社（星海社FICTIONS）　2016年2月【ライトノベル・ライト文芸】

「怪盗探偵山猫 [4]（黒羊の挽歌）」 神永学著　KADOKAWA（角川文庫）　2016年2月【ライトノベル・ライト文芸】

「記憶屋 2」 織守きょうや著　KADOKAWA（角川ホラー文庫）　2016年5月【ライトノベル・

ライト文芸】

「記憶屋 3」 織守きょうや著　KADOKAWA(角川ホラー文庫)　2016年6月【ライトノベル・ライト文芸】

「エースナンバー：雲は湧き、光あふれて」 須賀しのぶ著　集英社(集英社オレンジ文庫)　2016年7月【ライトノベル・ライト文芸】

「闘う女」 小手鞠るい著　角川春樹事務所(ハルキ文庫)　2016年8月【ライトノベル・ライト文芸】

「万国菓子舗お気に召すまま [2]」 溝口智子著　マイナビ出版(ファン文庫)　2016年8月【ライトノベル・ライト文芸】

「インサート・コイン〈ズ〉」 詠坂雄二著　光文社(光文社文庫)　2016年10月【ライトノベル・ライト文芸】

「ソシャゲライタークオリアちゃん：恋とシナリオと報酬を」 下村健著　集英社(ダッシュエックス文庫)　2016年12月【ライトノベル・ライト文芸】

「国境の南 新装版」 赤川次郎著　双葉社(双葉文庫)　2016年12月【ライトノベル・ライト文芸】

「ナウ・ローディング」 詠坂雄二著　光文社(光文社文庫)　2017年1月【ライトノベル・ライト文芸】

「僕の殺人」 太田忠司著　徳間書店(徳間文庫)　2017年3月【ライトノベル・ライト文芸】

「敗者たちの季節」 あさのあつこ著　KADOKAWA(角川文庫)　2017年4月【ライトノベル・ライト文芸】

「ウサギの天使が呼んでいる：ほしがり探偵ユリオ」 青柳碧人著　東京創元社(創元推理文庫)　2017年5月【ライトノベル・ライト文芸】

「こどもつかい」 清水崇監督;ブラジリィー・アン・山田;清水崇脚本;牧野修著　講談社(講談社タイガ)　2017年5月【ライトノベル・ライト文芸】

「キモイマン 2」 中沢健著　小学館(ガガガ文庫)　2017年6月【ライトノベル・ライト文芸】

「万国菓子舗お気に召すまま [3]」 溝口智子著　マイナビ出版(ファン文庫)　2017年6月【ライトノベル・ライト文芸】

「名探偵・森江春策」 芦辺拓著　東京創元社(創元推理文庫)　2017年8月【ライトノベル・ライト文芸】

「明治あやかし新聞：怠惰な記者の裏稼業 2」 さとみ桜著　KADOKAWA(メディアワークス文庫)　2017年9月【ライトノベル・ライト文芸】

「スケートボーイズ」 碧野圭著　実業之日本社(実業之日本社文庫)　2017年11月【ライトノベル・ライト文芸】

「キングレオの冒険」 円居挽著　文藝春秋(文春文庫)　2018年4月【ライトノベル・ライト文芸】

「手がかりは一皿の中に」 八木圭一著　集英社(集英社文庫)　2018年5月【ライトノベル・ライト文芸】

1 文章、出版にかかわる仕事

「女子大生つぐみと古事記の謎」　鯨統一郎著　角川春樹事務所（ハルキ文庫）　2018年6月【ライトノベル・ライト文芸】

「原之内菊子の憂鬱なインタビュー」　大山淳子著　小学館（小学館文庫キャラブン!）　2018年7月【ライトノベル・ライト文芸】

「横浜奇談新聞よろず事件簿」　澤見彰著　ポプラ社（ポプラ文庫ピュアフル）　2018年8月【ライトノベル・ライト文芸】

「怪盗探偵山猫 [5]」　神永学著　KADOKAWA（角川文庫）　2018年10月【ライトノベル・ライト文芸】

「傷痕」　桜庭一樹著　文藝春秋（文春文庫）　2019年2月【ライトノベル・ライト文芸】

「15歳のテロリスト」　松村涼哉著　KADOKAWA（メディアワークス文庫）　2019年3月【ライトノベル・ライト文芸】

「食堂メッシタ」　山口恵以子著　角川春樹事務所（ハルキ文庫）　2019年4月【ライトノベル・ライト文芸】

「こどもの国」　藤守麻行著　アンビット（ArkLight Novels）　2019年5月【ライトノベル・ライト文芸】

「少女の時間」　樋口有介著　東京創元社（創元推理文庫）　2019年5月【ライトノベル・ライト文芸】

「手がかりは一皿の中に [2]」　八木圭一著　集英社（集英社文庫）　2019年7月【ライトノベル・ライト文芸】

「掃除屋（クリーナー）：プロレス始末伝」　黒木あるじ著　集英社（集英社文庫）　2019年7月【ライトノベル・ライト文芸】

「怪盗探偵山猫 = The Mysterious Thief Detective "YAMANEKO"：深紅の虎」　神永学著　KADOKAWA　2019年9月【ライトノベル・ライト文芸】

「腹ペコ神さまがつまみ食い：深夜一時の訪問者たち」　編乃肌著　マイナビ出版（ファン文庫）　2019年9月【ライトノベル・ライト文芸】

「櫻子さんの足下には死体が埋まっている [15]」　太田紫織著　KADOKAWA（角川文庫）　2019年12月【ライトノベル・ライト文芸】

「扉の向こうはあやかし飯屋」　猫屋ちゃき著　アルファポリス（アルファポリス文庫）　2020年1月【ライトノベル・ライト文芸】

「ぬいぐるみ専門医綿貫透のゆるふわカルテ」　内田裕基著　マイナビ出版（ファン文庫）　2020年5月【ライトノベル・ライト文芸】

「ここは墨田区向島、お江戸博士の謎解き日和」　相沢泉見著　KADOKAWA（富士見L文庫）　2020年6月【ライトノベル・ライト文芸】

「腹ペコ神さまがつまみ食い [2]」　編乃肌著　マイナビ出版（ファン文庫）　2020年6月【ライトノベル・ライト文芸】

「京都祇園もも吉庵のあまから帖 2」　志賀内泰弘著　PHP研究所（PHP文芸文庫）　2020年7月【ライトノベル・ライト文芸】

「異世怪症候群(シンドローム)」 最東対地著 星海社(星海社FICTIONS) 2020年8月【ライトノベル・ライト文芸】

「始末屋：池袋てるてる坊主殺人事件」 青木杏樹著 KADOKAWA（メディアワークス文庫） 2020年8月【ライトノベル・ライト文芸】

「法律は嘘とお金の味方です。：京都御所南、吾妻法律事務所の法廷日誌 3」 永瀬さらさ著 集英社(集英社オレンジ文庫) 2020年8月【ライトノベル・ライト文芸】

「稲荷書店きつね堂 [3]」 蒼月海里著 角川春樹事務所（ハルキ文庫） 2020年9月【ライトノベル・ライト文芸】

「ハイキュー!!ショーセツバン!! 13」 古舘春一著;星希代子著 集英社（JUMP j BOOKS） 2020年11月【ライトノベル・ライト文芸】

「花の下にて春死なむ 新装版」 北森鴻 [著] 講談社 2021年2月【ライトノベル・ライト文芸】

「手がかりは一皿の中に FINAL」 八木圭一 著 集英社 2021年3月【ライトノベル・ライト文芸】

「これは経費で落ちません! 8」 青木祐子著 集英社 2021年4月【ライトノベル・ライト文芸】

「麻倉玲一は信頼できない語り手」 太田忠司 著 徳間書店 2021年4月【ライトノベル・ライト文芸】

「京都烏丸御池の名探偵：僕が謎を解く理由」 才羽楽 著 宝島社 2021年5月【ライトノベル・ライト文芸】

「怪盗探偵山猫 [6]」 神永学 [著] KADOKAWA 2021年6月【ライトノベル・ライト文芸】

「あなたの後ろにいるだれか：眠れぬ夜の八つの物語」 恩田陸著;阿部智里著;宇佐美まこと著;彩藤アザミ著;澤村伊智著;清水朔著;あさのあつこ著;長江俊和著 新潮社 2021年8月【ライトノベル・ライト文芸】

「海底密室」 三雲岳斗 著 徳間書店 2021年8月【ライトノベル・ライト文芸】

「妖魔と下僕の契約条件 2」 椹野道流 [著] KADOKAWA 2021年8月【ライトノベル・ライト文芸】

「雛口依子の最低な落下とやけくそキャノンボール」 呉勝浩 著 光文社 2021年11月【ライトノベル・ライト文芸】

「残心」 鏑木蓮 著 徳間書店 2021年12月【ライトノベル・ライト文芸】

1 文章、出版にかかわる仕事

脚本家、シナリオライター

テレビドラマや映画、アニメのストーリーやセリフを書く仕事です。例えば、どのような話にするか、どんなキャラクターが出てくるか、彼らがどんな会話をするかを考えます。脚本は、映像作品の設計図のようなもので、監督や俳優がそのとおりに演じることで、みんなが楽しめる作品ができあがります。脚本家は、シーンの流れや感動的なセリフを考え、ストーリーがスムーズに進むように工夫します。

▶お仕事について詳しく知るには

「仕事の図鑑：なりたい自分を見つける!. 13（人の心を動かす芸術文化の仕事）」「仕事の図鑑」編集委員会 編　あかね書房　2010年3月【学習支援本】

「最新中学校創作脚本集 2010」　最新中学校創作脚本集2010編集委員会編　晩成書房　2010年4月【学習支援本】

「職場体験完全ガイド 25　ポプラ社　2011年3月【学習支援本】

「夢活!なりたい!アニメの仕事 3」　代々木アニメーション学院監修　汐文社　2018年3月【学習支援本】

「脚本家が教える読書感想文教室」　篠原明夫著　主婦の友社　2020年7月【学習支援本】

▶お仕事の様子をお話で読むには

「シアトロ惑星」　柴田科虎著　講談社（講談社BOX. BOX-AiR）　2012年8月【ライトノベル・ライト文芸】

「やましいゲームの作り方 2」　荒川工著　小学館（ガガガ文庫）　2013年5月【ライトノベル・ライト文芸】

「俺の教室(クラス)にハルヒはいない」　新井輝著　角川書店（角川スニーカー文庫）　2013

年9月【ライトノベル・ライト文芸】

「ひとりで生きるもん！2（およめ券のその後）」　暁雪著　KADOKAWA（MF文庫J）　2015年3月【ライトノベル・ライト文芸】

「夢色キャスト：The AUDITION」　SEGA夢色カンパニー原作・イラスト;水野隆志著　KADOKAWA（ビーズログ文庫アリス）　2016年11月【ライトノベル・ライト文芸】

「黒猫の回帰あるいは千夜航路」　森晶麿著　早川書房（ハヤカワ文庫 JA）　2017年9月【ライトノベル・ライト文芸】

「秩父あやかし案内人：困った時の白狼頼み」　香月沙耶著　宝島社（宝島社文庫）　2018年11月【ライトノベル・ライト文芸】

「きゃくほんかのセリフ！」　ますもとたくや著　小学館（ガガガ文庫）　2019年3月【ライトノベル・ライト文芸】

「女主人公（ヒロイン）」　赤川次郎著　双葉社（双葉文庫）　2019年3月【ライトノベル・ライト文芸】

「きゃくほんかのセリフ！2」　ますもとたくや著　小学館（ガガガ文庫）　2019年12月【ライトノベル・ライト文芸】

「ニューノーマル・サマー」　椎名寅生著　新潮社　2021年7月【ライトノベル・ライト文芸】

ゴーストライター

自分の名前ではなく、他の人の名前で本を書いたり文章を書いたりする仕事です。例えば、有名な作家やスポーツ選手が本を書きたいけれど、忙しくて自分では書けないときに、ゴーストライターが代わりに執筆するなど手助けをします。ゴーストライターは、その人の考えや言葉を聞いて、それを文章にまとめます。本が発表されるときにはゴーストライターの名前は出ませんが、実際に文章を書き、その人の言葉を読者に届ける大切な役割を果たしています。

▶お仕事の様子をお話で読むには

「しらしらと水は輝き」　花川戸菖蒲著　二見書房（二見サラ文庫）　2019年2月【ライトノベル・ライト文芸】

1 文章、出版にかかわる仕事

詩人、俳人、歌人

言葉を使って美しい詩（ポエム）や俳句、短歌を作る仕事です。詩人は、気持ちや風景を自由な形で表現する詩を書きます。例えば、喜びや悲しみを感じたとき、その感情を言葉で表現します。俳人は、自然や季節を感じる短い詩である俳句を作ります。俳句は5・7・5の17音で、春の桜や秋の紅葉など、季節を表す言葉を使って表現します。歌人は、5・7・5・7・7の31音で作る短歌などで、自分の感情や風景を描きます。言葉を選び、響きやリズムに気を配りながら、心に残る作品を作ります。

▶お仕事について詳しく知るには

「ジュニアのための万葉集1巻」　根本浩文　汐文社　2010年2月【学習支援本】

「くじけそうなときには―心の友だち」　宇佐美百合子著　PHP研究所　2010年3月【学習支援本】

「ジュニアのための万葉集2巻」　根本浩文　汐文社　2010年3月【学習支援本】

「ジュニアのための万葉集3巻」　根本浩文　汐文社　2010年3月【学習支援本】

「ジュニアのための万葉集4巻」　根本浩文　汐文社　2010年3月【学習支援本】

「童謡詩人野口雨情ものがたり―ジュニア・ノンフィクション」　楠木しげお作;坂道なつ絵　銀の鈴社　2010年8月【学習支援本】

「ねんてん先生の俳句の学校3（俳句をつくろう）」　坪内稔典監修　教育画劇　2011年4月【学習支援本】

「いのちいっぱいじぶんの花を」　相田みつを作;くっし一絵;相田みつを美術館監修　角川書店（角川つばさ文庫）　2011年6月【学習支援本】

「与謝野晶子：女性の自立と自由を高らかにうたった情熱の歌人―集英社版・学習漫画. 世界の伝記next」　神宮寺一漫画;三上修平シナリオ;加藤美奈子監修・解説　集英社　2011年12月【学習支援本】

「俳句を作ろう：少年少女向」　増山至風著　創開出版社　2012年5月【学習支援本】

「百人一首：百の恋は一つの宇宙…永遠にきらめいて―ストーリーで楽しむ日本の古典；3」

名木田恵子著;二星天絵　岩崎書店　2012年12月【学習支援本】

「東日本大震災伝えなければならない100の物語 第9巻 (再生と復興に向かって)」　学研教育出版著　学研教育出版　2013年2月【学習支援本】

「ラクダのまつげはながいんだよ：日本の子どもたちが詩でえがいた地球」　長田弘編著　講談社　2013年6月【学習支援本】

「八木重吉のことば：こころよ、では行っておいで」　澤村修治企画編集・著　理論社　2013年8月【学習支援本】

「大人になるまでに読みたい15歳の詩 1 (愛する)」　青木健編　ゆまに書房　2013年10月【学習支援本】

「エピソードでおぼえる!百人一首おけいこ帖」　天野慶著;睦月ムンク絵　朝日学生新聞社　2013年11月【学習支援本】

「大人になるまでに読みたい15歳の詩 2」　谷川俊太郎著;和合亮一編著　ゆまに書房　2013年11月【学習支援本】

「大人になるまでに読みたい15歳の詩 3」　谷川俊太郎著;蜂飼耳編著　ゆまに書房　2013年12月【学習支援本】

「英詩のこころ」　福田昇八著　岩波書店(岩波ジュニア新書)　2014年1月【学習支援本】

「気ままに漢詩キブン」　足立幸代編著;三上英司監修　筑摩書房(ちくまプリマー新書)　2014年2月【学習支援本】

「大人も読みたいこども歳時記：作ってみよう365日」　長谷川櫂監修;季語と歳時記の会編著　小学館　2014年3月【学習支援本】

「子ども詩人になる!詩はこうつくる」　工藤順一監修;曹昇鉉著　合同出版　2014年4月【学習支援本】

「いじめっこいじめられっこ 1―小さな学問の書；13」　谷川俊太郎と子どもたち詩　童話屋　2014年7月【学習支援本】

「プチ革命言葉の森を育てよう」　ドリアン助川著　岩波書店(岩波ジュニア新書)　2014年7月【学習支援本】

「富士百句で俳句入門」　堀本裕樹著　筑摩書房(ちくまプリマー新書)　2014年8月【学習支援本】

「漢詩のレッスン」　川合康三著　岩波書店(岩波ジュニア新書)　2014年11月【学習支援本】

「詩の寺子屋」　和合亮一著　岩波書店(岩波ジュニア新書)　2015年12月【学習支援本】

「写真で読み解く俳句・短歌・歳時記大辞典」　塩見恵介監修　あかね書房　2015年12月【学習支援本】

「わかれのことば―詩の絵本：教科書にでてくる詩人たち；2」　阪田寛夫詩;田中六大絵;宮川健郎監修　岩崎書店　2017年1月【学習支援本】

「百人一首物語：超訳マンガ：全首収録版」　学研プラス編集　学研プラス　2017年11月【学習支援本】

1 文章、出版にかかわる仕事

「フェデリコ・ガルシア・ロルカ：子どもの心をもった詩人」　イアン・ギブソン文;ハビエル・サバラ絵;平井うらら訳　影書房　2018年6月【学習支援本】

「マンガ若山牧水：自然と旅と酒を愛した国民的歌人」　塩月眞原作;しいやみつのりマンガ　大正大学出版会　2018年8月【学習支援本】

「夢見る人」　パム・ムニョス・ライアン作;ピーター・シス絵;原田勝訳　岩波書店　2019年2月【学習支援本】

「石上露子物語：富田林の明星派歌人：絵本」　奥村和子ぶん;宮本直樹え　石上露子を語る会　2019年10月【学習支援本】

「詩をつくろう 1」　和合亮一監修　汐文社　2020年1月【学習支援本】

「ポストコロナ期を生きるきみたちへ」　内田樹編;斎藤幸平著;ほか著　晶文社（犀の教室 Liberal Arts Lab）　2020年11月【学習支援本】

「超訳マンガ国語で習う名詩・短歌・俳句物語：作家の人生&名作―新しい伝記EX」　木原木綿編集　学研プラス　2021年1月【学習支援本】

「わくわく子ども俳句スクール 3」　おおぎやなぎちか著;辻桃子監修;安部元気監修　国土社　2021年7月【学習支援本】

「日本の文学者36人の肖像 下」　宮川健郎編　あすなろ書房　2021年12月【学習支援本】

「日本の文学者36人の肖像 上」　宮川健郎編　あすなろ書房　2021年12月【学習支援本】

▶お仕事の様子をお話で読むには

「みんな違って：金子みすゞ最後の一日」　三遊亭圓窓作;外村節子絵　高陵社書店　2010年3月【絵本】

「蛙となれよ冷し瓜：一茶の人生と俳句」　マシュー・ゴラブ文;カズコ・G・ストーン絵;脇明子訳　岩波書店　2014年8月【絵本】

「りょうかんさま：ほのぼの絵本 [2017]新装版」　子田重次詩;飯野敏絵　考古堂書店　2017年2月【絵本】

「こだまでしょうか？：いちどは失われたみすゞの詩」　金子みすゞ詩;羽尻利門絵;デイヴィッド・ジェイコブソン物語;サリー・イトウ詩の英訳と編集協力;坪井美智子詩の英訳と編集協力　JULA出版局　2020年1月【絵本】

「この世のおわり」　ラウラ・ガジェゴ・ガルシア作;松下直弘訳　偕成社　2010年10月【児童文学】

「サリーの愛する人」　エリザベス・オハラ作;もりうちすみこ訳　さ・え・ら書房　2012年4月【児童文学】

「クレイジー・サマー―鈴木出版の海外児童文学：この地球を生きる子どもたち」　リタ・ウィリアムズ＝ガルシア作;代田亜香子訳　鈴木出版　2013年1月【児童文学】

「踊る光」　トンケ・ドラフト作;西村由美訳;宮越暁子絵　岩波書店　2015年1月【児童文学】

「くらやみ城の冒険―ミス・ビアンカ」　マージェリー・シャープ作;渡辺茂男訳　岩波書店（岩

波少年文庫） 2016年5月【児童文学】

「エミリ・ディキンスン家のネズミ 新装版」 エリザベス・スパイアーズ著;クレア・A・ニヴォラ絵;長田弘訳　みすず書房　2017年7月【児童文学】

「テディが宝石を見つけるまで」 パトリシア・マクラクラン著;こだまともこ訳　あすなろ書房　2017年11月【児童文学】

「窓をあけて、私の詩をきいて」 名木田恵子著　出版ワークス　2018年12月【児童文学】

「カクリヨの短い歌」 大桑八代著　小学館(ガガガ文庫)　2013年5月【ライトノベル・ライト文芸】

「花の下にて春死なむ 新装版」 北森鴻［著］　講談社　2021年2月【ライトノベル・ライト文芸】

ブロガー

インターネット上で自分の考えや日常の出来事、興味のあることなどを文章や写真、動画を使って発信する仕事です。自分が好きなことについて自由に書き、それを世界中の人と共有します。例えば、旅行が好きなブロガーは、訪れた場所の感想や写真をブログに載せます。読んだ人がその内容を面白いと思ったり役に立つと感じたりすると、たくさんの人がそのブログを読むようになり、広告やサポートなどで収入を得ることもあります。

翻訳家

ある言語で書かれた文章や話を、別の言語に換えて伝える仕事です。例えば、英語で書かれた本や、外国の映画のセリフを日本語に訳したりします。翻訳家は、ただ言葉をそのまま換えるだけでなく、意味やニュアンスも正しく伝わるように工夫します。そのため、翻訳家はいろいろな言葉を知っていたり、その文化について理解していたりします。翻訳家のおかげで、私たちは世界中の本や映画、ニュースなどを自分の国の言葉で楽しむことができます。

▶お仕事について詳しく知るには

「ほかの誰も薦めなかったとしても今のうちに読んでおくべきだと思う本を紹介します。―14歳の世渡り術」 雨宮処凛著;新井紀子著;石原千秋著;上野千鶴子著;大澤真幸著;岡ノ谷一夫著;恩田陸著;角田光代著;金原瑞人著;貴志祐介著;木田元著;工藤直子著;小池龍之介著;佐藤優著;島田裕巳著;辛酸なめ子著;橘木俊詔著;出久根達郎著;中江有里著;長沼毅著;野中柊著;服部文祥著;本田由紀著;ホンマタカシ著;森絵都著;森達也著;村上陽一郎著;柳澤桂子著;山崎ナオコーラ著;吉田篤弘著 河出書房新社 2012年5月【学習支援本】

「『赤毛のアン』と花子：翻訳家・村岡花子の物語―ヒューマンノンフィクション」 村岡恵理文;布川愛子絵 学研教育出版 2014年3月【学習支援本】

「北御門二郎魂の自由を求めて：トルストイに魅せられた良心的兵役拒否者―ジュニア・ノンフィクション」 ぶな葉一著 銀の鈴社 2014年3月【学習支援本】

「生きる力ってなんですか?」 おおたとしまさ編・著 日経BP社 2014年5月【学習支援本】

「石井桃子：児童文学の発展に貢献した文学者：翻訳家・児童文学者〈日本〉―ちくま評伝シリーズ〈ポルトレ〉」 筑摩書房編集部著 筑摩書房 2016年1月【学習支援本】

「職場体験完全ガイド.51 ポプラ社 2017年4月【学習支援本】

▶お仕事の様子をお話で読むには

「光吉夏弥戦後絵本の源流」 澤田精一著　岩波書店　2021年10月【絵本】
「僕のアスペルガーママは世界一」　林草布子著　日本文学館　2012年7月【児童文学】
「翻訳会社「タナカ家」の災難」　千梨らく著　宝島社（宝島社文庫）　2013年9月【ライトノベル・ライト文芸】
「翻訳ガール」　千梨らく著　宝島社（宝島社文庫）　2014年9月【ライトノベル・ライト文芸】
「猫舌男爵」　皆川博子著　早川書房（ハヤカワ文庫JA）　2014年11月【ライトノベル・ライト文芸】
「人生はアイスクリーム＝The life is ice cream」　石黒敦久著　KADOKAWA（メディアワークス文庫）　2016年1月【ライトノベル・ライト文芸】

校閲者

本や新聞、雑誌などに書かれた文章をチェックして、間違いがないかを確認する仕事です。例えば、文章の中で漢字が間違っていないか、言葉の使い方が正しいか、事実がきちんと書かれているかを細かく調べます。校閲者は、文章がわかりやすく、正確に伝わるようにするために、とても大切な役割を果たしています。もし、間違った情報や誤字がそのまま載ってしまうと、読む人が困ったり、誤解してしまったりするでしょう。校閲者がしっかりと確認することで、私たちは安心して正しい情報を受け取れるのです。

▶お仕事の様子をお話で読むには

「校閲ガール」　宮木あや子著　KADOKAWA（角川文庫）　2016年8月【ライトノベル・ライト文芸】
「校閲ガール　ア・ラ・モード」　宮木あや子著　KADOKAWA（角川文庫）　2017年6月【ライトノベル・ライト文芸】
「校閲ガール　トルネード」　宮木あや子著　KADOKAWA（角川文庫）　2018年10月【ライトノベル・ライト文芸】

1 文章、出版にかかわる仕事

文芸評論家

本や詩、物語などの文学作品を読んで、その内容や表現について意見を述べる仕事で、作品がどのように書かれているか、どんなメッセージが込められているかを詳しく分析します。そして、その作品が面白いか、感動するか、どんな意味があるかを、わかりやすく説明します。文芸評論家の意見を聞くことで、読む人がその本をもっと深く理解したり、新しい視点で楽しめるようになったりします。文芸評論家は、作家や読者にとって、作品の魅力を引き出す重要な役割を果たしています。

著作権エージェント

本や音楽、映画など、作品の権利を守る仕事です。著作権とは、作った人がその作品をどのように使うかを決める権利のことです。例えば、作家が本を書いたとき、その本が他の人に勝手にコピーされたり、許可なく使われたりしないように守るのが著作権エージェントの仕事です。作家やアーティストの代わりに、作品が正しく使われるように契約を結んだり、もし問題があればその解決を手伝ったりすることで、作った人が安心して作品を発表できるようにサポートしています。

▶ お仕事について詳しく知るには

「新13歳のハローワーク」 村上龍 著;はまのゆか 絵　幻冬舎　2010年3月【学習支援本】

「治安・法律・経済のしごと:人気の職業早わかり!」 PHP研究所 編　PHP研究所　2011年9月【学習支援本】

出版業
しゅっぱんぎょう

本や雑誌、新聞などを作って世の中に届ける仕事をする業界です。まず、作家が書いた原稿を受け取り、その内容を本や雑誌の形にするために編集者が手伝います。そして、デザイナーが表紙やレイアウトを考え、印刷所で実際に印刷します。最後に、できあがった本や雑誌を書店や図書館に届けて、みんなが手に取れるようにします。出版業界では、面白い本や役立つ情報をたくさんの人に届けるために、いろいろな人が協力して働いています。

▶お仕事について詳しく知るには

「小さくても大きな日本の会社力1(考えよう!どんな職場ではたらきたい?)」 こどもくらぶ編;坂本光司監修　同友館　2010年8月【学習支援本】

「青い鳥文庫ができるまで」 岩貞るみこ作　講談社　2012年7月【学習支援本】

「本屋さんのすべてがわかる本1(調べよう!世界の本屋さん)」 秋田喜代美監修;稲葉茂勝文　ミネルヴァ書房　2013年11月【学習支援本】

「本屋さんのすべてがわかる本2(調べよう!日本の本屋さん)」 秋田喜代美監修;稲葉茂勝文　ミネルヴァ書房　2013年12月【学習支援本】

「新・どの本よもうかな?中学生版 海外編」 日本子どもの本研究会編　金の星社　2014年3月【学習支援本】

「職場体験完全ガイド37」 加戸玲子　ポプラ社　2014年4月【学習支援本】

「新聞社・出版社で働く人たち:しごとの現場としくみがわかる!―しごと場見学!」 山下久猛著　ぺりかん社　2014年7月【学習支援本】

「本について授業をはじめます―ちしきのもり」 永江朗著　少年写真新聞社　2014年9月【学習支援本】

「新聞は、あなたと世界をつなぐ窓:NIE教育に新聞を」 木村葉子著　汐文社　2014年11月【学習支援本】

「ものづくりの仕事―漫画家たちが描いた仕事:プロフェッショナル」 大河原遁著;えすと

1 文章、出版にかかわる仕事

えむ著;たなかじゅん著;河本ひろし著;松田奈緒子著　金の星社　2016年3月【学習支援本】

「職場体験完全ガイド 69　ポプラ社　2020年4月【学習支援本】

「子どもの本の世界を変えたニューベリーの物語」　ミシェル・マーケル文;ナンシー・カーペンター絵;金原瑞人訳　西村書店東京出版編集部　2020年9月【学習支援本】

▶お仕事の様子をお話で読むには

「オツベルと笑う水曜日」　成田良悟著　アスキー・メディアワークス（メディアワークス文庫）　2013年6月【ライトノベル・ライト文芸】

「プリティが多すぎる」　大崎梢著　文藝春秋（文春文庫）　2014年10月【ライトノベル・ライト文芸】

「雨ときどき、編集者」　近江泉美著　KADOKAWA（メディアワークス文庫）　2015年1月【ライトノベル・ライト文芸】

「ルック・バック・イン・アンガー」　樋口毅宏著　祥伝社（祥伝社文庫）　2015年4月【ライトノベル・ライト文芸】

「生物学者山田博士の聖域(サンクチュアリ)」　松尾佑一著　KADOKAWA（角川文庫）　2015年7月【ライトノベル・ライト文芸】

「編集ガール!」　五十嵐貴久著　祥伝社（祥伝社文庫）　2015年9月【ライトノベル・ライト文芸】

「闘う女」　小手鞠るい著　角川春樹事務所（ハルキ文庫）　2016年8月【ライトノベル・ライト文芸】

「装幀室のおしごと。:本の表情つくりませんか?」　範乃秋晴著　KADOKAWA（メディアワークス文庫）　2017年2月【ライトノベル・ライト文芸】

「装幀室のおしごと。:本の表情つくりませんか? 2」　範乃秋晴著　KADOKAWA（メディアワークス文庫）　2017年7月【ライトノベル・ライト文芸】

「美少女作家と目指すミリオンセラアァァァァァァァッ!!」　春日部タケル著　KADOKAWA（角川スニーカー文庫）　2017年7月【ライトノベル・ライト文芸】

「六道先生の原稿は順調に遅れています」　峰守ひろかず著　KADOKAWA（富士見L文庫）　2017年7月【ライトノベル・ライト文芸】

「ブラック企業に勤めております。[3]」　要はる著　集英社（集英社オレンジ文庫）　2017年10月【ライトノベル・ライト文芸】

「美少女作家と目指すミリオンセラアァァァァァァッ!! 2」　春日部タケル著　KADOKAWA（角川スニーカー文庫）　2017年11月【ライトノベル・ライト文芸】

「六道先生の原稿は順調に遅れています 2」　峰守ひろかず著　KADOKAWA（富士見L文庫）　2018年1月【ライトノベル・ライト文芸】

「次回作にご期待下さい」　問乃みさき著　KADOKAWA（角川文庫）　2018年4月【ライトノベル・ライト文芸】

「美少女作家と目指すミリオンセラアアアアアアアアッ!! 3」　春日部タケル著　KADOKAWA（角川スニーカー文庫）　2018年4月【ライトノベル・ライト文芸】

「原之内菊子の憂鬱なインタビュー」　大山淳子著　小学館（小学館文庫キャラブン!）　2018年7月【ライトノベル・ライト文芸】

「六道先生の原稿は順調に遅れています 3」　峰守ひろかず著　KADOKAWA（富士見L文庫）　2018年7月【ライトノベル・ライト文芸】

「美少女作家と目指すミリオンセラアアアアアアアアッ!! 4」　春日部タケル著　KADOKAWA（角川スニーカー文庫）　2018年8月【ライトノベル・ライト文芸】

「次回作にご期待下さい 2」　問乃みさき著　KADOKAWA（角川文庫）　2018年10月【ライトノベル・ライト文芸】

「ニャン氏の童心」　松尾由美著　東京創元社（創元推理文庫）　2018年11月【ライトノベル・ライト文芸】

「美少女作家と目指すミリオンセラアアアアアアアアッ!! 5」　春日部タケル著　KADOKAWA（角川スニーカー文庫）　2019年1月【ライトノベル・ライト文芸】

「ぼくはきっとやさしい」　町屋良平著　河出書房新社　2019年2月【ライトノベル・ライト文芸】

「すべては装丁内 = All is inside the binding」　木緒なち著　LINE（LINE文庫）　2019年10月【ライトノベル・ライト文芸】

「はい、こちら「月刊陰陽師」編集部です。」　遠藤遼著　スターツ出版（スターツ出版文庫）　2020年11月【ライトノベル・ライト文芸】

「ハイキュー!!ショーセツバン!! 13」　古舘春一著;星希代子著　集英社（JUMP j BOOKS）　2020年11月【ライトノベル・ライト文芸】

「けいたん。：ライトノベルは素敵なお仕事。多分？」　榊一郎著　講談社（講談社ラノベ文庫）　2020年12月【ライトノベル・ライト文芸】

「瀬戸際のハケンと窓際の正社員」　ゆきた志旗著　集英社（集英社オレンジ文庫）　2021年4月【ライトノベル・ライト文芸】

「彼方のゴールド」　大崎梢著　文藝春秋（文春文庫）　2021年7月【ライトノベル・ライト文芸】

「écriture新人作家・杉浦李奈の推論」　松岡圭祐著　KADOKAWA（角川文庫）　2021年10月【ライトノベル・ライト文芸】

「京都船岡山アストロロジー」　望月麻衣著　講談社（講談社文庫）　2021年10月【ライトノベル・ライト文芸】

「écriture新人作家・杉浦李奈の推論 2」　松岡圭祐著　KADOKAWA（角川文庫）　2021年12月【ライトノベル・ライト文芸】

1 文章、出版にかかわる仕事

印刷業

本や新聞、ポスターなどあらゆる印刷物を取り扱う業界です。まず、作家やデザイナーが作った文章や絵をもとに、それを紙にきれいに印刷する準備をします。印刷する機械はとても大きいため、たくさんのページを短い時間で印刷できます。色をきれいに出すために、インクの調整を行い、紙の種類も慎重に選びます。印刷が終わったら、本やポスターの形に切ったり、ページを順番に並べたりして仕上げます。印刷業は、たくさんの人が同じ本や新聞を読めるようにするために、とても大切な役割を果たしています。

▶お仕事について詳しく知るには

「新聞を読もう!3(新聞博士になろう!)」 鈴木雄雅監修 教育画劇 2012年4月【学習支援本】

「図書館のすべてがわかる本1(図書館のはじまり・うつりかわり)」 秋田喜代美監修;こどもくらぶ編 岩崎書店 2012年12月【学習支援本】

「学習に役立つ!なるほど新聞活用術1(新聞まるごと大かいぼう)」 曽木誠監修;市村均文;伊東浩司絵 岩崎書店 2013年3月【学習支援本】

「未来をつくるこれからのエコ企業1(再資源化率97%のリサイクル工場)」 孫奈美編著 汐文社 2013年10月【学習支援本】

「本屋さんのすべてがわかる本2(調べよう!日本の本屋さん)」 秋田喜代美監修;稲葉茂勝文 ミネルヴァ書房 2013年12月【学習支援本】

「青い鳥文庫ができるまで」 岩貞るみこ作 講談社(講談社青い鳥文庫) 2015年7月【学習支援本】

「本のことがわかる本3」 能勢仁監修 ミネルヴァ書房 2015年9月【学習支援本】

「企業内職人図鑑:私たちがつくっています。12」 こどもくらぶ編 同友館 2017年2月【学習支援本】

「ブックデザイナー=Book Designer:時代をつくるデザイナーになりたい!!―Rikuyosha Children & YA Books」 スタジオ248編著 六耀社 2017年9月【学習支援本】

新聞社
しんぶんしゃ

毎日のニュースや出来事を集めて、多くの人に伝える仕事をする会社です。新聞社には記者やカメラマンがいて、町で起こったことや世界のニュースを調べたり、インタビューをしたりして、正しい情報を集めます。集めた情報は、編集者がわかりやすくまとめて記事にし、デザイナーが写真や見出しをつけて紙面を作ります。その後、印刷工場で新聞が大量に印刷され、配達されてみんなの家や学校、お店に届きます。新聞紙だけでなく、インターネットを通じてニュースを配信していたりもします。

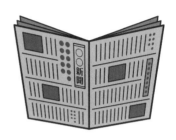

▶お仕事について詳しく知るには

「新聞のひみつ―学研まんがでよくわかるシリーズ；50」 青木萌作・文;ひろゆうこまんが 学研パブリッシングコミュニケーションビジネス事業室 2010年3月【学習支援本】

「毎日新聞社記事づくりの現場―このプロジェクトを追え!」 深光富士男文 佼成出版社 2013年8月【学習支援本】

「新聞記者：現代史を記録する」 若宮啓文著 筑摩書房（ちくまプリマー新書） 2013年9月【学習支援本】

「職場体験学習に行ってきました。：中学生が本物の「仕事」をやってみた! 9」 全国中学校進路指導連絡協議会 監修 学研教育出版 学研マーケティング（発売） 2014年2月【学習支援本】

「新聞社・出版社で働く人たち：しごとの現場としくみがわかる!―しごと場見学!」 山下久猛著 ぺりかん社 2014年7月【学習支援本】

「ジャーナリストという仕事」 斎藤貴男著 岩波書店（岩波ジュニア新書） 2016年1月【学習支援本】

「職場体験完全ガイド 69 ポプラ社 2020年4月【学習支援本】

1 文章、出版にかかわる仕事

その他作家一般

▶お仕事について詳しく知るには

「本をもっと楽しむ本：読みたい本を見つける図鑑3（作家）」　塩谷京子監修　学研教育出版　2010年2月【学習支援本】

「こころを育てる魔法の言葉3（笑顔になれる言葉）」　中井俊已文;小林ゆき子絵　汐文社　2010年3月【学習支援本】

「学習漫画世界の偉人伝5（音楽・芸術・文学で活躍した人たち）」　富士山みえる編著・作画　汐文社　2010年3月【学習支援本】

「仕事の図鑑：なりたい自分を見つける!13（人の心を動かす芸術文化の仕事）」　「仕事の図鑑」編集委員会編　あかね書房　2010年3月【学習支援本】

「日本の文豪：こころに響く言葉1（夏目漱石・森鷗外ほか）」　長尾剛著　汐文社　2010年8月【学習支援本】

「日本の文豪：こころに響く言葉2（芥川龍之介・谷崎潤一郎ほか）」　長尾剛著　汐文社　2010年11月【学習支援本】

「日本の文豪：こころに響く言葉3（太宰治・三島由紀夫ほか）」　長尾剛著　汐文社　2010年12月【学習支援本】

「わたしが子どもだったころ1」　NHK「わたしが子どもだったころ」制作グループ編　ポプラ社　2012年2月【学習支援本】

「わたしが子どもだったころ2」　NHK「わたしが子どもだったころ」制作グループ編　ポプラ社　2012年3月【学習支援本】

「樋口一葉―コミック版世界の伝記;18」　山田せいこ漫画;野口碩監修　ポプラ社　2012年3月【学習支援本】

「レイチェル・カーソン：いのちと地球を愛した人―ひかりをかかげて」　上遠恵子著　日本キリスト教団出版局　2013年2月【学習支援本】

「未来力養成教室」　日本SF作家クラブ編　岩波書店（岩波ジュニア新書）　2013年7月【学習支援本】

「書き出しは誘惑する：小説の楽しみ」　中村邦生著　岩波書店（岩波ジュニア新書）　2014年1月【学習支援本】

「夏目漱石―コミック版世界の伝記;30」　文月鉄郎漫画;野網摩利子監修　ポプラ社　2014年12月【学習支援本】

「子どもはなぜ勉強しなくちゃいけないの? 続」　おおたとしまさ編著　日経BP社　2014年12月【学習支援本】

「夢と努力で世界を変えた17人：君はどう生きる?」　有吉忠行著　PHP研究所　2015年2月【学習支援本】

「青い鳥文庫ができるまで」 岩貞るみこ作 講談社（講談社青い鳥文庫） 2015年7月【学習支援本】

「人生を切りひらいた女性たち：なりたい自分になろう！3」 伊藤節監修;樋口恵子監修 教育画劇 2016年4月【学習支援本】

「物語ること、生きること」 上橋菜穂子著;瀧晴巳構成・文 講談社（講談社青い鳥文庫） 2016年7月【学習支援本】

「イッキ読み！日本の天才偉人伝：日本をかえた天才たち―日能研クエスト：マルいアタマをもっとマルく！」 齋藤孝編 講談社 2017年7月【学習支援本】

「世界を変えた100人の女の子の物語：グッドナイトストーリーフォーレベルガールズ」 エレナ・ファヴィッリ文;フランチェスカ・カヴァッロ文;芹澤恵訳;高里ひろ訳 河出書房新社 2018年3月【学習支援本】

「石井桃子：子どもたちに本を読む喜びを」 竹内美紀文;立花まこと画 あかね書房（伝記を読もう） 2018年4月【学習支援本】

「ある若き死刑囚の生涯」 加賀乙彦著 筑摩書房（ちくまプリマー新書） 2019年1月【学習支援本】

「名作ビジュアル図鑑：本がもっと好きになる 2」 学研プラス編 学研プラス 2019年2月【学習支援本】

「表現を究める―スタディサプリ三賢人の学問探究ノート：今を生きる学問の最前線読本;4」 ドミニク・チェン著;川添愛著;水野祐著 ポプラ社 2021年3月【学習支援本】

「書きたいと思った日から始める！10代から目指すライトノベル作家」 榎本秋編著;菅沼由香里著;榎本事務所著 DBジャパン（ES BOOKS） 2021年11月【学習支援本】

「日本の文学者36人の肖像 下」 宮川健郎編 あすなろ書房 2021年12月【学習支援本】

「日本の文学者36人の肖像 上」 宮川健郎編 あすなろ書房 2021年12月【学習支援本】

▶お仕事の様子をお話で読むには

「約束：「無言館」への坂をのぼって」 窪島誠一郎作;かせりょう絵 アリス館 2010年6月【絵本】

「笑うは薬〜愛〜」 相田毅文;菅野カズシゲ絵 金羊社クリエイティブワークス 2014年4月【絵本】

「アサガオのひとりごと」 矢部恵美子著 文芸社 2021年8月【絵本】

「パステル色の思い出はあの音」 下村昇作 リブリオ出版 2010年1月【児童文学】

「悪魔のメルヘン：マジカル少女レイナ 2-4」 石崎洋司作;栗原一実画 岩崎書店（フォア文庫） 2011年4月【児童文学】

「お城の地下のゆうれい―ぼくらのミステリー?タウン;2」 ロン・ロイ作;八木恭子訳;ハラカズヒロ絵 フレーベル館 2011年6月【児童文学】

「ユーレイ城のなぞ：冒険作家ジェロニモ・スティルトン」 ジェロニモ・スティルトン作;加

1 文章、出版にかかわる仕事

門ベル訳　講談社　2011年6月【児童文学】

「消えたミステリー作家の謎―ぼくらのミステリー?タウン；1」　ロン・ロイ作;八木恭子訳;ハラカズヒロ絵　フレーベル館　2011年6月【児童文学】

「月蝕島の魔物―Victorian horror adventures；1」　田中芳樹著　東京創元社　2011年7月【児童文学】

「ジャングルを脱出せよ!：冒険作家ジェロニモ・スティルトン」　ジェロニモ・スティルトン作;加門ベル訳　講談社　2011年12月【児童文学】

「コリドラス・テイルズ」　斉藤洋著;ヨシタケシンスケ絵　偕成社　2012年10月【児童文学】

「怖い本：色のない怪談」　緑川聖司作;竹岡美穂絵　ポプラ社(ポプラポケット文庫)　2013年3月【児童文学】

「放課後のBボーイーズ姫★事件ファイル」　愛川さくら作;カスカベアキラ絵　角川書店(角川つばさ文庫)　2013年4月【児童文学】

「ローズの小さな図書館」　キンバリー・ウィリス・ホルト作;谷口由美子訳　徳間書店　2013年7月【児童文学】

「ゆうれい作家はおおいそがし 1 (オンボロ屋敷へようこそ)」　ケイト・クライス文;M・サラ・クライス絵;宮坂宏美訳　ほるぷ出版　2014年5月【児童文学】

「サマセット四姉妹の大冒険」　レズリー・M・M・ブルーム作;尾高薫訳;中島梨絵絵　ほるぷ出版　2014年6月【児童文学】

「机の上の仙人：机上庵志異」　佐藤さとる著　ゴブリン書房　2014年6月【児童文学】

「ゆうれい作家はおおいそがし 2 (ハカバのハロウィーン)」　ケイト・クライス文;M・サラ・クライス絵;宮坂宏美訳　ほるぷ出版　2014年8月【児童文学】

「だいじな本のみつけ方」　大崎梢著　光文社(BOOK WITH YOU)　2014年10月【児童文学】

「ゆうれい作家はおおいそがし 3 (死者のコインをさがせ)」　ケイト・クライス文;M・サラ・クライス絵;宮坂宏美訳　ほるぷ出版　2014年10月【児童文学】

「ゆうれい作家はおおいそがし 4 (白い手ぶくろのひみつ)」　ケイト・クライス文;M・サラ・クライス絵;宮坂宏美訳　ほるぷ出版　2015年3月【児童文学】

「ふりかえれば名探偵」　杉山亮作;中川大輔絵　偕成社　2015年6月【児童文学】

「丸天井の下の「ワーオ!」」　今井恭子作　くもん出版(くもんの児童文学)　2015年7月【児童文学】

「春に訪れる少女―文研じゅべにーる」　今田絵里香作;くまおり純絵　文研出版　2016年3月【児童文学】

「のぞみ、出発進行!!：サンライズ瀬戸パパ失踪事件と謎の暗号」　やすこーん作・絵　小学館(小学館ジュニア文庫)　2016年8月【児童文学】

「馬琴先生、妖怪です!：お江戸怪談捕物帳」　楠木誠一郎作;亜沙美絵　静山社　2016年10月【児童文学】

「月読幽の死の脱出ゲーム [2]」　近江屋一朗作;藍本松絵　集英社(集英社みらい文庫)　2017年1月【児童文学】

「作家になりたい! 1」　小林深雪作;牧村久実絵　講談社(講談社青い鳥文庫)　2017年3月【児童文学】

「IQ探偵ムー元の夢、夢羽の夢」　深沢美潮作;山田J太画　ポプラ社(ポプラカラフル文庫)　2017年7月【児童文学】

「オレンジ色の不思議」　斉藤洋作;森田みちよ絵　静山社　2017年7月【児童文学】

「作家になりたい! 2」　小林深雪作;牧村久実絵　講談社(講談社青い鳥文庫)　2017年8月【児童文学】

「漱石先生の手紙が教えてくれたこと」　小山慶太著　岩波書店(岩波ジュニア新書)　2017年8月【児童文学】

「まま父ロック」　山中恒作;コザクラモモ絵　ポプラ社(ポプラポケット文庫)　2017年10月【児童文学】

「小説DESTINY鎌倉ものがたり」　西岸良平原作;山崎貴監督・脚本・VFX;蒔田陽平ノベライズ　双葉社(双葉社ジュニア文庫)　2017年12月【児童文学】

「ことば降る森」　井上さくら著　西村書店東京出版編集部　2018年3月【児童文学】

「作家になりたい! 3」　小林深雪作;牧村久実絵　講談社(講談社青い鳥文庫)　2018年3月【児童文学】

「IQ探偵ムー元の夢、夢羽の夢―IQ探偵シリーズ;39」　深沢美潮作　ポプラ社　2018年4月【児童文学】

「痛快!天才キッズ・ミッチー : 不思議堂古書店三代目のベストセラー大作戦」　宗田理著　PHP研究所(カラフルノベル)　2018年4月【児童文学】

「作家になりたい! 4」　小林深雪作;牧村久実絵　講談社(講談社青い鳥文庫)　2018年11月【児童文学】

「黒魔女さんの小説教室 : チョコといっしょに作家修行! : 青い鳥文庫版」　石崎洋司作;藤田香作;青い鳥文庫編集部作　講談社(講談社青い鳥文庫)　2019年1月【児童文学】

「小説映画わたしに××しなさい!」　遠山えま原作;北川亜矢子脚本;吉田桃子著　講談社　2019年2月【児童文学】

「作家になりたい! 5」　小林深雪作;牧村久実絵　講談社(講談社青い鳥文庫)　2019年5月【児童文学】

「作家になりたい! 6」　小林深雪作;牧村久実絵　講談社(講談社青い鳥文庫)　2019年10月【児童文学】

「伝染する怪談みんなの本」　緑川聖司作;竹岡美穂絵　ポプラ社(ポプラポケット文庫)　2019年12月【児童文学】

「ぼくたちはプライスレス! 1」　イノウエミホコ作;an絵　KADOKAWA(角川つばさ文庫)　2020年2月【児童文学】

「作家になりたい! 7」　小林深雪作;牧村久実絵　講談社(講談社青い鳥文庫)　2020年4月

1 文章、出版にかかわる仕事

【児童文学】

「ぼくたちはプライスレス！2」 イノウエミホコ作;an絵　KADOKAWA（角川つばさ文庫）2020年6月【児童文学】

「作家になりたい！8」 小林深雪作;牧村久実絵　講談社（講談社青い鳥文庫）2020年8月【児童文学】

「列車探偵ハル：王室列車の宝石どろぼうを追え！」 M・G・レナード著;サム・セッジマン著;武富博子訳　早川書房（ハヤカワ・ジュニア・ミステリ）2020年10月【児童文学】

「作家になりたい！9」 小林深雪作;牧村久実絵　講談社（講談社青い鳥文庫）2021年1月【児童文学】

「作家になりたい！10」 小林深雪作;牧村久実絵　講談社（講談社青い鳥文庫）2021年6月【児童文学】

「わたしは夢を見つづける」 ジャクリーン・ウッドソン作;さくまゆみこ訳　小学館　2021年8月【児童文学】

「オレンジ色の不思議―斉藤洋のゴースト・ストリート；1」 斉藤洋作;森田みちよ絵　静山社（静山社ペガサス文庫）2021年9月【児童文学】

「水色の不思議―斉藤洋のゴースト・ストリート；2」 斉藤洋作;森田みちよ絵　静山社（静山社ペガサス文庫）2021年10月【児童文学】

「作家になりたい！11」 小林深雪作;牧村久実絵　講談社（講談社青い鳥文庫）2021年12月【児童文学】

「ライトノベルの楽しい書き方5」 本田透著　ソフトバンククリエイティブ（GA文庫）2010年1月【ライトノベル・ライト文芸】

「りてらりっ：深風高校文芸部」 鯨晴久著　一迅社（一迅社文庫）2010年3月【ライトノベル・ライト文芸】

「三流木萌花は名担当！3」 田口一著　メディアファクトリー（MF文庫J）2010年3月【ライトノベル・ライト文芸】

「ライトノベルの楽しい書き方6」 本田透著　ソフトバンククリエイティブ（GA文庫）2010年6月【ライトノベル・ライト文芸】

「ライトノベルの楽しい書き方7」 本田透著　ソフトバンククリエイティブ（GA文庫）2010年11月【ライトノベル・ライト文芸】

「カラット探偵事務所の事件簿1」 乾くるみ著　PHP研究所（PHP文芸文庫）2011年3月【ライトノベル・ライト文芸】

「ライトノベルの楽しい書き方8」 本田透著　ソフトバンククリエイティブ（GA文庫）2011年3月【ライトノベル・ライト文芸】

「犬とハサミは使いよう」 更伊俊介著　エンターブレイン（ファミ通文庫）2011年3月【ライトノベル・ライト文芸】

「県庁おもてなし課」 有川浩著　角川書店　2011年3月【ライトノベル・ライト文芸】

「変・ざ・くらする～む」 築地俊彦著　富士見書房（富士見ファンタジア文庫）2011年4

月【ライトノベル・ライト文芸】

「山魔(やまんま)の如き嗤うもの」 三津田信三著 講談社(講談社文庫) 2011年5月【ライトノベル・ライト文芸】

「半熟作家と"文学少女"な編集者(ミューズ)」 野村美月著 エンターブレイン(ファミ通文庫) 2011年5月【ライトノベル・ライト文芸】

「天使の歩廊:ある建築家をめぐる物語」 中村弦著 新潮社(新潮文庫) 2011年6月【ライトノベル・ライト文芸】

「踊るジョーカー:名探偵音野順の事件簿」 北山猛邦著 東京創元社(創元推理文庫) 2011年6月【ライトノベル・ライト文芸】

「真サムライガード 2 (謎はだいたい溶けた…って、溶けちゃダメだろ!?)」 舞阪洸著 ソフトバンククリエイティブ(GA文庫) 2011年7月【ライトノベル・ライト文芸】

「メルカトルと美袋のための殺人」 麻耶雄嵩著 集英社(集英社文庫) 2011年8月【ライトノベル・ライト文芸】

「ライトノベルの楽しい書き方 9」 本田透著 ソフトバンククリエイティブ(GA文庫) 2011年8月【ライトノベル・ライト文芸】

「花丸リンネの推理」 阿野冠著 角川書店 2011年10月【ライトノベル・ライト文芸】

「東雲侑子は短編小説をあいしている」 森橋ビンゴ著 エンターブレイン(ファミ通文庫) 2011年10月【ライトノベル・ライト文芸】

「竜宮ホテル迷い猫」 村山早紀著 三笠書房(f-Clan文庫) 2011年11月【ライトノベル・ライト文芸】

「ライトノベルの楽しい書き方 10」 本田透著 ソフトバンククリエイティブ(GA文庫) 2012年1月【ライトノベル・ライト文芸】

「花束に謎のリボン」 松尾由美著 光文社(光文社文庫) 2012年2月【ライトノベル・ライト文芸】

「プリズミックデイズ」 琴塚守里著 エンターブレイン(KCG文庫) 2012年5月【ライトノベル・ライト文芸】

「ありえない恋」 小手鞠るい著 実業之日本社(実業之日本社文庫) 2012年8月【ライトノベル・ライト文芸】

「オレと彼女の絶対領域(パンドラボックス) 5」 鷹山誠一著 ホビージャパン(HJ文庫) 2012年8月【ライトノベル・ライト文芸】

「妹はラノベの女神ちゃん」 酒井直行著 PHP研究所(スマッシュ文庫) 2012年8月【ライトノベル・ライト文芸】

「凶鳥(まがとり)の如き忌むもの」 三津田信三著 講談社(講談社文庫) 2012年10月【ライトノベル・ライト文芸】

「臨床犯罪学者・火村英生の推理 1 (46番目の密室)」 有栖川有栖著 角川書店(角川ビーンズ文庫) 2012年10月【ライトノベル・ライト文芸】

「塔の断章 新装版」 乾くるみ著 講談社(講談社文庫) 2012年11月【ライトノベル・ライ

1 文章、出版にかかわる仕事

ト文芸】

「ノロワレ：人形呪詛」 甲田学人著　アスキー・メディアワークス（電撃文庫）　2012年12月【ライトノベル・ライト文芸】

「悲歌(エレジー)」 中山可穂著　角川書店（角川文庫）　2013年1月【ライトノベル・ライト文芸】

「臨床犯罪学者・火村英生の推理2(ロシア紅茶の謎)」 有栖川有栖著　角川書店（角川ビーンズ文庫）　2013年1月【ライトノベル・ライト文芸】

「シチュエーションパズルの攻防」 竹内真著　東京創元社（創元推理文庫）　2013年2月【ライトノベル・ライト文芸】

「県庁おもてなし課」 有川浩著　角川書店（角川文庫）　2013年4月【ライトノベル・ライト文芸】

「臨床犯罪学者・火村英生の推理3(ダリの繭 上)」 有栖川有栖著　角川書店（角川ビーンズ文庫）　2013年6月【ライトノベル・ライト文芸】

「手紙を読む女」 新津きよみ著　徳間書店（徳間文庫）　2013年7月【ライトノベル・ライト文芸】

「優しいサヨナラの遺しかた：とある終幕プランナーの業務記録」 本田壱成著　アスキー・メディアワークス（メディアワークス文庫）　2013年7月【ライトノベル・ライト文芸】

「臨床犯罪学者・火村英生の推理3[下](ダリの繭 下)」 有栖川有栖著　角川書店（角川ビーンズ文庫）　2013年7月【ライトノベル・ライト文芸】

「作家彼女。：九条春華の「八坂が恋に落ちるまで」」 ぺんたぶ著　エンターブレイン　2013年8月【ライトノベル・ライト文芸】

「桃音しおんのラノベ日記1(11歳の創作活動)」 あさのハジメ著　講談社（講談社ラノベ文庫）　2013年8月【ライトノベル・ライト文芸】

「つれづれ、北野坂探偵舎：心理描写が足りてない」 河野裕著　角川書店（角川文庫）　2013年9月【ライトノベル・ライト文芸】

「桃音しおんのラノベ日記2(恋と夏休みと修羅場進行)」 あさのハジメ著　講談社（講談社ラノベ文庫）　2013年11月【ライトノベル・ライト文芸】

「臨床犯罪学者・火村英生の推理密室の研究」 有栖川有栖著　KADOKAWA（角川ビーンズ文庫）　2013年11月【ライトノベル・ライト文芸】

「男子高校生で売れっ子ライトノベル作家をしているけれど、年下のクラスメイトで声優の女の子に首を絞められている。1 (Time to Play 上)」 時雨沢恵一著　KADOKAWA（電撃文庫）　2014年1月【ライトノベル・ライト文芸】

「エウロパの底から」 入間人間著　KADOKAWA（メディアワークス文庫）　2014年3月【ライトノベル・ライト文芸】

「男子高校生で売れっ子ライトノベル作家をしているけれど、年下のクラスメイトで声優の女の子に首を絞められている。2 (Time to Play 下)」 時雨沢恵一著　KADOKAWA（電撃文庫）　2014年3月【ライトノベル・ライト文芸】

「臨床犯罪学者・火村英生の推理暗号の研究」 有栖川有栖著　KADOKAWA（角川ビーンズ文庫）　2014年3月【ライトノベル・ライト文芸】

「現役プロ美少女ライトノベル作家が教える!ライトノベルを読むのは楽しいけど、書いてみるともっと楽しいかもよ!?」　林トモアキ著　KADOKAWA（角川スニーカー文庫）　2014年4月【ライトノベル・ライト文芸】

「桃音しおんのラノベ日記 3 (16歳の編集活動)」　あさのハジメ著　講談社（講談社ラノベ文庫）　2014年4月【ライトノベル・ライト文芸】

「ココロ・ドリップ = kokoro drip : 自由が丘、カフェ六分儀で会いましょう」　中村一著　KADOKAWA（メディアワークス文庫）　2014年5月【ライトノベル・ライト文芸】

「城ケ崎奈央と電撃文庫作家になるための10のメソッド 続」　五十嵐雄策著　KADOKAWA（電撃文庫）　2014年5月【ライトノベル・ライト文芸】

「転醒のKAFKA使い」　比嘉智康著　KADOKAWA（ファミ通文庫）　2014年5月【ライトノベル・ライト文芸】

「男子高校生で売れっ子ライトノベル作家をしているけれど、年下のクラスメイトで声優の女の子に首を絞められている。3 (Time to Pray)」　時雨沢恵一著　KADOKAWA（電撃文庫）　2014年6月【ライトノベル・ライト文芸】

「臨床犯罪学者・火村英生の推理アリバイの研究」　有栖川有栖著　KADOKAWA（角川ビーンズ文庫）　2014年7月【ライトノベル・ライト文芸】

「ホラー作家・宇佐見右京の他力本願な日々」　佐々木禎子著　KADOKAWA（富士見L文庫）　2014年8月【ライトノベル・ライト文芸】

「桃音しおんのラノベ日記 4 (パーフェクトホワイト)」　あさのハジメ著　講談社（講談社ラノベ文庫）　2014年8月【ライトノベル・ライト文芸】

「犯人がわかりますん。」　黒沼昇著　KADOKAWA（電撃文庫）　2014年10月【ライトノベル・ライト文芸】

「アキハバラ・ライターズ・カルテット 1」　三木なずな著　ポニーキャニオン（ぽにきゃんBOOKS）　2014年11月【ライトノベル・ライト文芸】

「臨床犯罪学者・火村英生の推理 4 (スウェーデン館の謎)」　有栖川有栖著　KADOKAWA（角川ビーンズ文庫）　2014年11月【ライトノベル・ライト文芸】

「黒猫の薔薇あるいは時間飛行」　森晶麿著　早川書房（ハヤカワ文庫 JA）　2015年1月【ライトノベル・ライト文芸】

「最後の晩ごはん [2] (小説家と冷やし中華)」　椹野道流著　KADOKAWA（角川文庫）　2015年1月【ライトノベル・ライト文芸】

「ココロ・ドリップ = kokoro drip : 自由が丘、カフェ六分儀で会いましょう 2」　中村一著　KADOKAWA（メディアワークス文庫）　2015年3月【ライトノベル・ライト文芸】

「ホラー作家・宇佐見右京の他力本願な日々 2」　佐々木禎子著　KADOKAWA（富士見L文庫）　2015年3月【ライトノベル・ライト文芸】

「妹さえいればいい。1」　平坂読著　小学館（ガガガ文庫）　2015年3月【ライトノベル・ラ

1 文章、出版にかかわる仕事

イト文芸】

「さびしがりやのロリフェラトゥ = Lonely Nosferatu」　さがら総著　小学館（ガガガ文庫）2015年4月【ライトノベル・ライト文芸】

「貸し本喫茶イストワール：書けない作家と臆病な司書」　川添枯美著　集英社（集英社オレンジ文庫）　2015年5月【ライトノベル・ライト文芸】

「君と過ごした嘘つきの秋」　水生大海著　新潮社（新潮文庫nex）　2015年7月【ライトノベル・ライト文芸】

「WEB小説家になろうよ。」　早矢塚かつや著　集英社（ダッシュエックス文庫）　2015年9月【ライトノベル・ライト文芸】

「ヴァルプギスの火祭―薔薇十字叢書」　三門鉄狼著;京極夏彦Founder　講談社（講談社ラノベ文庫）　2015年10月【ライトノベル・ライト文芸】

「ぼくらは、そっとキスをした」　針原つばさ著　PHP研究所　2015年11月【ライトノベル・ライト文芸】

「快挙」　白石一文著　新潮社（新潮文庫）　2015年11月【ライトノベル・ライト文芸】

「藤島さんの深夜ごはん」　奇水著　KADOKAWA（メディアワークス文庫）　2015年11月【ライトノベル・ライト文芸】

「妹さえいればいい。3」　平坂読著　小学館（ガガガ文庫）　2015年11月【ライトノベル・ライト文芸】

「私にふさわしいホテル」　柚木麻子著　新潮社（新潮文庫）　2015年12月【ライトノベル・ライト文芸】

「妖怪と小説家」　野梨原花南著　KADOKAWA（富士見L文庫）　2015年12月【ライトノベル・ライト文芸】

「ココロ・ドリップ = kokoro drip：自由が丘、カフェ六分儀で会いましょう3」　中村一著　KADOKAWA（メディアワークス文庫）　2016年1月【ライトノベル・ライト文芸】

「ディスリスペクトの迎撃」　竹内真著　東京創元社（創元推理文庫）　2016年1月【ライトノベル・ライト文芸】

「九月の恋と出会うまで」　松尾由美著　双葉社（双葉文庫）　2016年2月【ライトノベル・ライト文芸】

「妹さえいればいい。4」　平坂読著　小学館（ガガガ文庫）　2016年3月【ライトノベル・ライト文芸】

「チョコレート・ダンディ [2]」　我鳥彩子著　集英社（コバルト文庫）　2016年6月【ライトノベル・ライト文芸】

「小説の神様」　相沢沙呼著　講談社（講談社タイガ）　2016年6月【ライトノベル・ライト文芸】

「妹さえいればいい。5」　平坂読著　小学館（ガガガ文庫）　2016年7月【ライトノベル・ライト文芸】

「おまえをオタクにしてやるから、俺をリア充にしてくれ！15」　村上凛著　KADOKAWA（富

士見ファンタジア文庫） 2016年8月【ライトノベル・ライト文芸】

「ランボー怒りの改新」 前野ひろみち著　星海社（星海社FICTIONS） 2016年8月【ライトノベル・ライト文芸】

「俺が好きなのは妹だけど妹じゃない」 恵比須清司著　KADOKAWA（富士見ファンタジア文庫） 2016年8月【ライトノベル・ライト文芸】

「校閲ガール」 宮木あや子著　KADOKAWA（角川文庫） 2016年8月【ライトノベル・ライト文芸】

「ネット小説家になろうクロニクル1」 津田彷徨著　星海社（星海社FICTIONS） 2016年9月【ライトノベル・ライト文芸】

「雨音天祢のラノベ作家養成講座：おまえをラノベ作家にしてやろうか!」 舞阪洸著　講談社（講談社ラノベ文庫） 2016年11月【ライトノベル・ライト文芸】

「ラノベのプロ!：年収2500万円のアニメ化ラノベ作家」 望公太著　KADOKAWA（富士見ファンタジア文庫） 2016年12月【ライトノベル・ライト文芸】

「俺が好きなのは妹だけど妹じゃない2」 恵比須清司著　KADOKAWA（富士見ファンタジア文庫） 2016年12月【ライトノベル・ライト文芸】

「ネット小説家になろうクロニクル2」 津田彷徨著　星海社（星海社FICTIONS） 2017年2月【ライトノベル・ライト文芸】

「ようこそ授賞式の夕べに」 大崎梢著　東京創元社（創元推理文庫） 2017年2月【ライトノベル・ライト文芸】

「喫茶ルパンで秘密の会議」 蒼井蘭子著　三交社（スカイハイ文庫） 2017年2月【ライトノベル・ライト文芸】

「福を招くと聞きまして。：招福招来」 森川秀樹著　KADOKAWA（富士見L文庫） 2017年2月【ライトノベル・ライト文芸】

「あやかし双子のお医者さん2」 椎名蓮月著　KADOKAWA（富士見L文庫） 2017年3月【ライトノベル・ライト文芸】

「編集さんとJK作家の正しいつきあい方」 あさのハジメ著　KADOKAWA（富士見ファンタジア文庫） 2017年3月【ライトノベル・ライト文芸】

「俺が好きなのは妹だけど妹じゃない3」 恵比須清司著　KADOKAWA（富士見ファンタジア文庫） 2017年4月【ライトノベル・ライト文芸】

「長崎・オランダ坂の洋館カフェ：シュガーロードと秘密の本」 江本マシメサ著　宝島社（宝島社文庫） 2017年4月【ライトノベル・ライト文芸】

「憧れの作家は人間じゃありませんでした」 澤村御影著　KADOKAWA（角川文庫） 2017年4月【ライトノベル・ライト文芸】

「ネット小説家になろうクロニクル3」 津田彷徨著　星海社（星海社FICTIONS） 2017年5月【ライトノベル・ライト文芸】

「ひよっこ家族の朝ごはん：お父さんとアサリのうどん」 汐見舜一著　KADOKAWA（富士見L文庫） 2017年5月【ライトノベル・ライト文芸】

1 文章、出版にかかわる仕事

「先生、原稿まだですか！：新米編集者、ベストセラーを作る」 織川制吾著 集英社(集英社オレンジ文庫) 2017年5月【ライトノベル・ライト文芸】

「ラノベのプロ！2」 望公太著 KADOKAWA(富士見ファンタジア文庫) 2017年6月【ライトノベル・ライト文芸】

「校閲ガール ア・ラ・モード」 宮木あや子著 KADOKAWA(角川文庫) 2017年6月【ライトノベル・ライト文芸】

「僕はまだ、君の名前を呼んでいない：lost your name」 小野崎まち著 マイナビ出版(ファン文庫) 2017年6月【ライトノベル・ライト文芸】

「編集さんとJK作家の正しいつきあい方 2」 あさのハジメ著 KADOKAWA(富士見ファンタジア文庫) 2017年7月【ライトノベル・ライト文芸】

「ひきこもり作家と同居します。」 谷崎泉著 KADOKAWA(富士見L文庫) 2017年8月【ライトノベル・ライト文芸】

「ベイビー、グッドモーニング」 河野裕著 KADOKAWA(角川文庫) 2017年8月【ライトノベル・ライト文芸】

「消えていく君の言葉を探してる。」 霧友正規著 KADOKAWA(富士見L文庫) 2017年8月【ライトノベル・ライト文芸】

「ラノベ作家になりたくて震える。」 嵯峨伊緒著 KADOKAWA(電撃文庫) 2017年9月【ライトノベル・ライト文芸】

「奇奇奇譚編集部：ホラー作家はおばけが怖い」 木犀あこ著 KADOKAWA(角川ホラー文庫) 2017年9月【ライトノベル・ライト文芸】

「憧れの作家は人間じゃありませんでした 2」 澤村御影著 KADOKAWA(角川文庫) 2017年9月【ライトノベル・ライト文芸】

「妹さえいればいい。8」 平坂読著 小学館(ガガガ文庫) 2017年9月【ライトノベル・ライト文芸】

「この世界にiをこめて＝With all my love in this world」 佐野徹夜著 KADOKAWA(メディアワークス文庫) 2017年10月【ライトノベル・ライト文芸】

「トリック・トリップ・バケーション＝Trick Trip Vacation：虹の館の殺人パーティー」 中村あき著 星海社(星海社FICTIONS) 2017年11月【ライトノベル・ライト文芸】

「十年後の僕らはまだ物語の終わりを知らない」 尼野ゆたか著 KADOKAWA(富士見L文庫) 2017年11月【ライトノベル・ライト文芸】

「心中探偵：蜜約または闇夜の解釈」 森晶麿著 幻冬舎(幻冬舎文庫) 2017年11月【ライトノベル・ライト文芸】

「先生とそのお布団」 石川博品著 小学館(ガガガ文庫) 2017年11月【ライトノベル・ライト文芸】

「ぽんしゅでGO！：僕らの巫女とほろ酔い列車旅」 豊田巧著 集英社(ダッシュエックス文庫) 2017年12月【ライトノベル・ライト文芸】

「俺が好きなのは妹だけど妹じゃない 5」 恵比須清司著 KADOKAWA(富士見ファンタジ

ア文庫）　2017年12月【ライトノベル・ライト文芸】

「編集長殺し = Killing Editor In chief」　川岸殴魚著　小学館（ガガガ文庫）　2017年12月【ライトノベル・ライト文芸】

「毎年、記憶を失う彼女の救いかた」　望月拓海著　講談社（講談社タイガ）　2017年12月【ライトノベル・ライト文芸】

「無気力探偵 2」　楠谷佑著　マイナビ出版（ファン文庫）　2017年12月【ライトノベル・ライト文芸】

「喫茶ルパンで極秘の捜査」　蒼井蘭子著　三交社（スカイハイ文庫）　2018年1月【ライトノベル・ライト文芸】

「探偵女王とウロボロスの記憶」　三門鉄狼著　講談社（講談社タイガ）　2018年2月【ライトノベル・ライト文芸】

「妹さえいればいい。9」　平坂読著　小学館（ガガガ文庫）　2018年2月【ライトノベル・ライト文芸】

「憧れの作家は人間じゃありませんでした 3」　澤村御影著　KADOKAWA（角川文庫）　2018年3月【ライトノベル・ライト文芸】

「俺が好きなのは妹だけど妹じゃない 6」　恵比須清司著　KADOKAWA（富士見ファンタジア文庫）　2018年4月【ライトノベル・ライト文芸】

「土地神様のわすれもん」　新井輝著　KADOKAWA（富士見L文庫）　2018年4月【ライトノベル・ライト文芸】

「編集長殺し = Killing Editor In chief 2」　川岸殴魚著　小学館（ガガガ文庫）　2018年4月【ライトノベル・ライト文芸】

「僕らの世界が終わる頃 = [The finale of our world]」　彩坂美月著　新潮社（新潮文庫nex）　2018年4月【ライトノベル・ライト文芸】

「木崎夫婦ものがたり : 旦那さんのつくる毎日ご飯とお祝いのご馳走」　古池ねじ著　KADOKAWA（富士見L文庫）　2018年4月【ライトノベル・ライト文芸】

「笑う書店員の多忙な日々」　石黒敦久著　KADOKAWA（メディアワークス文庫）　2018年5月【ライトノベル・ライト文芸】

「文豪Aの時代錯誤な推理」　森晶麿著　KADOKAWA（富士見L文庫）　2018年5月【ライトノベル・ライト文芸】

「KB部」　新木伸著　KADOKAWA（MF文庫J）　2018年6月【ライトノベル・ライト文芸】

「メタブックはイメージです : ディリュージョン社の提供でお送りします」　はやみねかおる著　講談社（講談社タイガ）　2018年7月【ライトノベル・ライト文芸】

「作家探偵は〆切を守らない : ヒラめいちゃうからしょうがない!」　小野上明夜著　一迅社（メゾン文庫）　2018年7月【ライトノベル・ライト文芸】

「妹さえいればいい。10」　平坂読著　小学館（ガガガ文庫）　2018年7月【ライトノベル・ライト文芸】

「あやかし蔵の管理人」　朝比奈和著　アルファポリス（アルファポリス文庫）　2018年8月

1 文章、出版にかかわる仕事

【ライトノベル・ライト文芸】

「俺が好きなのは妹だけど妹じゃない 7」　恵比須清司著　KADOKAWA（富士見ファンタジア文庫）　2018年8月【ライトノベル・ライト文芸】

「小説の神様：あなたを読む物語 上」　相沢沙呼著　講談社（講談社タイガ）　2018年8月【ライトノベル・ライト文芸】

「編集長殺し = Killing Editor In chief 3」　川岸殴魚著　小学館（ガガガ文庫）　2018年8月【ライトノベル・ライト文芸】

「小説の神様：あなたを読む物語 下」　相沢沙呼著　講談社（講談社タイガ）　2018年9月【ライトノベル・ライト文芸】

「僕は僕の書いた小説を知らない」　喜友名トト著　双葉社（双葉文庫）　2018年9月【ライトノベル・ライト文芸】

「俺が好きなのは妹だけど妹じゃない 7.5」　恵比須清司著　KADOKAWA（富士見ファンタジア文庫）　2018年10月【ライトノベル・ライト文芸】

「金沢つくも神奇譚：万年筆の黒猫と路地裏の古書店」　編乃肌著　マイナビ出版（ファン文庫）　2018年10月【ライトノベル・ライト文芸】

「校閲ガール トルネード」　宮木あや子著　KADOKAWA（角川文庫）　2018年10月【ライトノベル・ライト文芸】

「僕の耳に響く君の小説（うた）」　安倍雄太郎著　小学館（小学館文庫キャラブン！）　2018年10月【ライトノベル・ライト文芸】

「誰にも言えない」　丸木文華著　集英社（集英社オレンジ文庫）　2018年11月【ライトノベル・ライト文芸】

「たとえば、君という裏切り」　佐藤青南著　祥伝社（祥伝社文庫）　2018年12月【ライトノベル・ライト文芸】

「俺が好きなのは妹だけど妹じゃない 8」　恵比須清司著　KADOKAWA（富士見ファンタジア文庫）　2018年12月【ライトノベル・ライト文芸】

「最後の晩ごはん [11]」　椹野道流著　KADOKAWA（角川文庫）　2018年12月【ライトノベル・ライト文芸】

「推理作家〈僕〉が探偵と暮らすわけ」　久住四季著　KADOKAWA（メディアワークス文庫）　2018年12月【ライトノベル・ライト文芸】

「編集長殺し = Killing Editor In chief 4」　川岸殴魚著　小学館（ガガガ文庫）　2018年12月【ライトノベル・ライト文芸】

「妹さえいればいい。11 カードゲーム付き特装版」　平坂読著　小学館（ガガガ文庫）　2018年12月【ライトノベル・ライト文芸】

「妹さえいればいい。11」　平坂読著　小学館（ガガガ文庫）　2018年12月【ライトノベル・ライト文芸】

「パティスリー幸福堂書店はじめました 3」　秦本幸弥著　双葉社（双葉文庫）　2019年1月【ライトノベル・ライト文芸】

「神様のスイッチ」　藤石波矢著　講談社（講談社タイガ）　2019年1月【ライトノベル・ライト文芸】

「浅草文豪あやかし草紙」　大橋崇行著　一迅社（メゾン文庫）　2019年1月【ライトノベル・ライト文芸】

「青と白と」　穂高明著　中央公論新社（中公文庫）　2019年2月【ライトノベル・ライト文芸】

「夜明けのブギーポップ」　上遠野浩平著　KADOKAWA（DENGEKI）　2019年2月【ライトノベル・ライト文芸】

「あやかし蔵の管理人 2」　朝比奈和著　アルファポリス（アルファポリス文庫）　2019年3月【ライトノベル・ライト文芸】

「幻想古書店で珈琲を 番外編」　蒼月海里著　角川春樹事務所（ハルキ文庫）　2019年3月【ライトノベル・ライト文芸】

「転生!太宰治 2」　佐藤友哉著　星海社（星海社FICTIONS）　2019年3月【ライトノベル・ライト文芸】

「ワールド・イズ・ユアーズ」　ハハノシキュウ著　星海社（星海社FICTIONS）　2019年4月【ライトノベル・ライト文芸】

「恐怖小説キリカ」　澤村伊智著　講談社（講談社文庫）　2019年4月【ライトノベル・ライト文芸】

「神戸異人館の〈自称〉ジェームズ・モリアーティ」　烏丸紫明著　一迅社（メゾン文庫）　2019年4月【ライトノベル・ライト文芸】

「編集長殺し = Killing Editor In chief 5」　川岸殴魚著　小学館（ガガガ文庫）　2019年4月【ライトノベル・ライト文芸】

「妹さえいればいい。 12」　平坂読著　小学館（ガガガ文庫）　2019年4月【ライトノベル・ライト文芸】

「世界で一番かわいそうな私たち 第3幕」　綾崎隼著　講談社（講談社タイガ）　2019年5月【ライトノベル・ライト文芸】

「これからは別れのお時間です：薬屋兄弟と疫病神の縁直し」　葵居ゆゆ著　二見書房（二見サラ文庫）　2019年6月【ライトノベル・ライト文芸】

「骨董屋『猫亀堂』にゃんこ店長の不思議帳」　浅海ユウ著　双葉社（双葉文庫）　2019年6月【ライトノベル・ライト文芸】

「最後の晩ごはん [12]」　椹野道流著　KADOKAWA（角川文庫）　2019年6月【ライトノベル・ライト文芸】

「僕は君と、本の世界で恋をした。」　水沢理乃著　スターツ出版（スターツ出版文庫）　2019年6月【ライトノベル・ライト文芸】

「幼なじみが絶対に負けないラブコメ」　二丸修一著　KADOKAWA（電撃文庫）　2019年6月【ライトノベル・ライト文芸】

「恋愛カルテット：リトルプリンセスの恋愛相談」　箕崎准著　KADOKAWA（ファミ通文庫）　2019年6月【ライトノベル・ライト文芸】

1 文章、出版にかかわる仕事

「あの日、神様に願ったことは 2」 葉月文著　KADOKAWA（電撃文庫）　2019年8月【ライトノベル・ライト文芸】

「かりゆしの島のお迎えごはん：神様のおもてなし、いかがですか？」　早見慎司著　KADOKAWA（メディアワークス文庫）　2019年8月【ライトノベル・ライト文芸】

「深泥丘奇談 続々」　綾辻行人著　KADOKAWA（角川文庫）　2019年8月【ライトノベル・ライト文芸】

「添乗員さん、気をつけて：耕介の秘境専門ツアー」　小前亮著　角川春樹事務所（ハルキ文庫）　2019年8月【ライトノベル・ライト文芸】

「鷗外パイセン非リア文豪記」　松澤くれは著　集英社（集英社文庫）　2019年8月【ライトノベル・ライト文芸】

「俺が好きなのは妹だけど妹じゃない 9」　恵比須清司著　KADOKAWA（富士見ファンタジア文庫）　2019年9月【ライトノベル・ライト文芸】

「今日は心のおそうじ日和：素直じゃない小説家と自信がない私」　成田名璃子著　KADOKAWA（メディアワークス文庫）　2019年9月【ライトノベル・ライト文芸】

「妹さえいればいい。13」　平坂読著　小学館（ガガガ文庫）　2019年9月【ライトノベル・ライト文芸】

「小説家の作り方 新装版」　野﨑まど著　KADOKAWA（メディアワークス文庫）　2019年10月【ライトノベル・ライト文芸】

「青い灯の百物語」　椎名鳴葉著　集英社（集英社オレンジ文庫）　2019年11月【ライトノベル・ライト文芸】

「僕らに月は見えなくていい」　櫻いいよ著　一迅社（メゾン文庫）　2019年11月【ライトノベル・ライト文芸】

「恋の穴におちた。= Falling in love with you」　日日日著　LINE（LINE文庫）　2019年11月【ライトノベル・ライト文芸】

「おくりびとは名探偵：元祖まごころ葬儀社事件ファイル」　天野頌子著　光文社（光文社文庫）　2019年12月【ライトノベル・ライト文芸】

「俺が好きなのは妹だけど妹じゃない 10」　恵比須清司著　KADOKAWA（富士見ファンタジア文庫）　2019年12月【ライトノベル・ライト文芸】

「あやかし蔵の管理人 3」　朝比奈和著　アルファポリス（アルファポリス文庫）　2020年1月【ライトノベル・ライト文芸】

「絶対小説」　芹沢政信著　講談社（講談社タイガ）　2020年1月【ライトノベル・ライト文芸】

「不終（おわらず）の怪談：文豪とアルケミストノベライズ：case小泉八雲」　矢野隆著　新潮社（新潮文庫.nex）　2020年2月【ライトノベル・ライト文芸】

「妹さえいればいい。14」　平坂読著　小学館（ガガガ文庫）　2020年2月【ライトノベル・ライト文芸】

「俺が好きなのは妹だけど妹じゃない 11」　恵比須清司著　KADOKAWA（富士見ファンタジア文庫）　2020年3月【ライトノベル・ライト文芸】

「小説の神様：わたしたちの物語：小説の神様アンソロジー」　相沢沙呼著ほか著;文芸第三出版部編　講談社（講談社タイガ）　2020年4月【ライトノベル・ライト文芸】

「ガラッパの謎：引きこもり作家のミステリ取材ファイル―このミス大賞」　久真瀬敏也著　宝島社（宝島社文庫）　2020年6月【ライトノベル・ライト文芸】

「俺サマ作家に書かせるのがお仕事です!」　あさぎ千夜春著　三交社（スカイハイ文庫）　2020年6月【ライトノベル・ライト文芸】

「秘祭ハンター椿虹彦」　てにをは著　二見書房（二見サラ文庫）　2020年6月【ライトノベル・ライト文芸】

「ぼんくら陰陽師の鬼嫁 6」　秋田みやび著　KADOKAWA（富士見L文庫）　2020年7月【ライトノベル・ライト文芸】

「うちの作家は推理ができない」　なみあと著　二見書房（二見サラ文庫）　2020年8月【ライトノベル・ライト文芸】

「神話の密室：天久鷹央の事件カルテ」　知念実希人著　新潮社（新潮文庫.nex）　2020年9月【ライトノベル・ライト文芸】

「きみって私のこと好きなんでしょ？2」　望公太著　SBクリエイティブ（GA文庫）　2020年10月【ライトノベル・ライト文芸】

「芦屋ことだま幻想譚」　石田空著　マイナビ出版（ファン文庫）　2020年10月【ライトノベル・ライト文芸】

「北鎌倉の豆だぬき：売れない作家とあやかし四季ごはん」　和泉桂著　三交社（スカイハイ文庫）　2020年10月【ライトノベル・ライト文芸】

「みつばの郵便屋さん [6]」　小野寺史宜著　ポプラ社（ポプラ文庫）　2020年11月【ライトノベル・ライト文芸】

「君を忘れる朝がくる。：五人の宿泊客と無愛想な支配人」　山口幸三郎著　集英社（集英社オレンジ文庫）　2020年11月【ライトノベル・ライト文芸】

「その冬、君を許すために」　いぬじゅん [著]　ポプラ社　2021年1月【ライトノベル・ライト文芸】

「ホヅミ先生と茉莉くんと。Day.1」　葉月文著　KADOKAWA　2021年2月【ライトノベル・ライト文芸】

「今日は心のおそうじ日和 2」　成田名璃子著　KADOKAWA　2021年2月【ライトノベル・ライト文芸】

「最後の晩ごはん [15]」　椹野道流 [著]　KADOKAWA　2021年2月【ライトノベル・ライト文芸】

「紙屋ふじさき記念館 [3]」　ほしおさなえ [著]　KADOKAWA　2021年2月【ライトノベル・ライト文芸】

「雲雀坂の魔法使い」　沖田円著　実業之日本社　2021年4月【ライトノベル・ライト文芸】

「江戸落語奇譚：寄席と死神」　奥野じゅん [著]　KADOKAWA　2021年4月【ライトノベル・ライト文芸】

1 文章、出版にかかわる仕事

「ぬばたまの黒女」 阿泉来堂 [著] KADOKAWA 2021年6月【ライトノベル・ライト文芸】

「ホヅミ先生と茉莉くんと。Day.2」 葉月文著 KADOKAWA 2021年6月【ライトノベル・ライト文芸】

「ホラー作家八街七瀬の、伝奇小説事件簿」 竹林七草 著 集英社 2021年6月【ライトノベル・ライト文芸】

「紫ノ宮沙霧のビブリオセラピー：夢音堂書店と秘密の本棚」 坂上秋成著 新潮社 2021年6月【ライトノベル・ライト文芸】

「地獄くらやみ花もなき 6」 路生よる [著] KADOKAWA 2021年6月【ライトノベル・ライト文芸】

「密室館殺人事件」 市川哲也 著 東京創元社 2021年7月【ライトノベル・ライト文芸】

「Missing 7」 甲田学人著 KADOKAWA 2021年8月【ライトノベル・ライト文芸】

「わたしを愛してもらえれば、傑作なんてすぐなんですけど!?」 殻半ひよこ著 KADOKAWA 2021年8月【ライトノベル・ライト文芸】

「記憶喪失の君と、君だけを忘れてしまった僕。2」 小鳥居ほたる著 スターツ出版 2021年8月【ライトノベル・ライト文芸】

「medium：霊媒探偵城塚翡翠」 相沢沙呼 [著] 講談社 2021年9月【ライトノベル・ライト文芸】

「宵坂つくもの怪談帖」 川奈まり子 著 二見書房 2021年9月【ライトノベル・ライト文芸】

「ホヅミ先生と茉莉くんと。Day.3」 葉月文著 KADOKAWA 2021年10月【ライトノベル・ライト文芸】

「江戸落語奇譚 [2]」 奥野じゅん [著] KADOKAWA 2021年10月【ライトノベル・ライト文芸】

「三途の川のおらんだ書房 [2]」 野村美月 著 文藝春秋 2021年10月【ライトノベル・ライト文芸】

「転生!太宰治 ファイナル」 佐藤友哉著 星海社 2021年10月【ライトノベル・ライト文芸】

「作家ごはん」 福澤徹三 [著] 講談社 2021年11月【ライトノベル・ライト文芸】

「千駄木ねこ茶房の文豪ごはん 2」 山本風碧著 KADOKAWA 2021年11月【ライトノベル・ライト文芸】

「僕らのセカイはフィクションで＝Fiction is our reality」 夏海公司著 KADOKAWA 2021年11月【ライトノベル・ライト文芸】

「忌木のマジナイ：作家・那々木悠志郎、最初の事件」 阿泉来堂 [著] KADOKAWA 2021年12月【ライトノベル・ライト文芸】

2

テレビ、映画、エンタメにかかわる仕事

2 テレビ、映画、エンタメにかかわる仕事

タレント、俳優

テレビや映画、舞台などで演じたり歌ったりする仕事です。俳優は、映画やドラマでいろいろな役を演じることで、物語をよりリアルに感じさせてくれます。タレントは、バラエティ番組やラジオなどでトークやパフォーマンスを披露して、みんなを笑わせたり、感動させたりします。彼らはたくさんの練習をして、セリフや動き、表情を完璧にするために努力しています。タレントや俳優のおかげで、私たちは映画やテレビをもっと楽しく見ることができ、心に残る経験を得ることができます。

▶お仕事について詳しく知るには

「感動する仕事!泣ける仕事!：お仕事熱血ストーリー 5 (感じたとおりに表現する)」 学研教育出版　2010年2月【学習支援本】

「オードリー・ヘプバーン：世界に愛され世界を愛した永遠の妖精―集英社版・学習漫画. 世界の伝記next」 東園子漫画;堀ノ内雅一シナリオ　集英社　2010年3月【学習支援本】

「職場体験完全ガイド 20　ポプラ社　2010年3月【学習支援本】

「うさぎのロビット　ぴあ　2010年11月【学習支援本】

「アンナ流親子ゲンカはガチでいけ!―14歳の世渡り術」　土屋アンナ著　河出書房新社　2011年5月【学習支援本】

「芸術するのは、たいへんだ!? = It's Hard to Do Art,isn't It?―読書がたのしくなるニッポンの文学. エッセイ」 倉田百三作;高村光雲作;林芙美子作;与謝野晶子作;坂口安吾作;宮城道雄作;高浜虚子作;正岡容作;竹久夢二作;二代目市川左團次作;森律子作;岸田國士作　くもん出版　2013年11月【学習支援本】

「ツリークライミングはぼくの夢：ジョン・ギャスライト～木のぼりにかけた人生―感動ノンフィクションシリーズ」　あんずゆき文　佼成出版社　2014年6月【学習支援本】

「グレース・ケリー―コミック版世界の伝記；29」　瑞樹奈穂漫画;井辻朱美監修　ポプラ社　2014年9月【学習支援本】

「オードリー・ヘプバーン：世界中で愛されつづける永遠のヒロイン―学研まんがNEW世界

の伝記」 清藤秀人監修;いつき楼まんが　学研教育出版　2015年8月【学習支援本】

「オードリー・ヘップバーン = Audrey Hepburn：世界に愛された銀幕のスター：俳優〈イギリス〉―ちくま評伝シリーズ〈ポルトレ〉」　筑摩書房編集部著　筑摩書房　2015年9月【学習支援本】

「世界のともだち 28」　東海林美紀写真・文　偕成社　2015年9月【学習支援本】

「人生を切りひらいた女性たち：なりたい自分になろう！3」　伊藤節監修;樋口恵子監修　教育画劇　2016年4月【学習支援本】

「夢のお仕事さがし大図鑑：名作マンガで「すき！」を見つける．5」　夢のお仕事さがし大図鑑編集委員会 編　日本図書センター　2016年9月【学習支援本】

「オードリー・ヘップバーン：愛に生きた世界的女優―絵本版/新こども伝記ものがたり；7」　武鹿悦子文;pon-marsh絵　チャイルド本社　2017年10月【学習支援本】

「リトル・オードリーのデイドリーム」　ショーン・ヘプバーン・ファーラー文;カリン・ヘプバーン・ファーラー文;ドミニク・コルバッソン絵;フランソワ・アヴリル絵;檜山和久訳　あかし出版　2021年1月【学習支援本】

「オードリー・ヘップバーン―小さなひとりの大きなゆめ」　マリア・イザベル・サンチェス・ベガラ文;アマイア・アラゾーラ絵;三辺律子訳　ほるぷ出版　2021年2月【学習支援本】

「5分でわかる！世界の偉人・超人110」　為田洵著　JTBパブリッシング　2021年3月【学習支援本】

「サラ・ベルナール」　磯見仁月原作;山田一喜漫画;白田由樹監修　ポプラ社（コミック版世界の伝記）　2021年10月【学習支援本】

▶お仕事の様子をお話で読むには

「京劇がきえた日：秦淮河・一九三七―日・中・韓平和絵本」　姚紅作;姚月蔭原案;中由美子訳　童心社　2011年4月【絵本】

「つぎのかたどうぞ：はたけやこううんさいいちざざいんぼしゅうのおはなし―おひさまのほん」　飯野和好作　小学館　2011年7月【絵本】

「たぬきえもん―日本の昔話」　藤巻愛子再話;田澤茂絵　福音館書店（こどものとも年中向き）　2011年9月【絵本】

「ミニーのおしゃれショップ―ディズニーえほん文庫」　斎藤妙子構成・文　講談社　2014年1月【絵本】

「それいけ！アンパンマンアニメライブラリー 11」　やなせたかし原作;トムス・エンタテインメント作画　フレーベル館　2017年1月【絵本】

「オオイシさん」　北村直子作　偕成社　2018年9月【絵本】

「ジバンシィとオードリー：永遠の友だち」　フィリップ・ホプマン作;野坂悦子訳　文化学園文化出版局　2019年2月【絵本】

「ミステリー・パピークラブ 3 (猫の映画スター誘拐事件)」　ジョディー・メラー作;もん訳

2 テレビ、映画、エンタメにかかわる仕事

PHP研究所　2010年2月【児童文学】

「ファッション・ガールズ4(まさかの映画デビュー!)」　ケリー・マケイン作;小竹由美子訳;魚住あお絵　ポプラ社　2010年6月【児童文学】

「消えたCMタレント―マリア探偵社；1」　川北亮司作;大井知美画　岩崎書店(フォア文庫)　2012年1月【児童文学】

「名探偵VS.学校の七不思議―名探偵夢水清志郎の事件簿；2」　はやみねかおる作;佐藤友生絵　講談社(講談社青い鳥文庫)　2012年8月【児童文学】

「冒険島2(真夜中の幽霊の謎)」　ヘレン・モス著;金原瑞人訳;井上里訳　メディアファクトリー　2012年11月【児童文学】

「ラブぱに：エンドレス・ラバー」　宮沢みゆき著;八神千歳原案・イラスト　小学館(小学館ジュニア文庫)　2013年2月【児童文学】

「わたしがボディガード!?事件ファイル[3](蜃気楼があざ笑う)」　福田隆浩作;えいひ絵　講談社(講談社青い鳥文庫)　2013年4月【児童文学】

「にじいろ☆プリズムガール：恋のシークレットトライアングル」　村上アンズ著;中原杏原作・イラスト　小学館(小学館ジュニア文庫)　2013年5月【児童文学】

「ミラクルきょうふ!本当に怖い話：背すじもこおる恐怖体験99話」　闇月麗編著　西東社　2013年8月【児童文学】

「パティシエ☆すばる[10]」　つくもようこ作;烏羽雨絵　講談社(講談社青い鳥文庫)　2016年10月【児童文学】

「映画『あのコの、トリコ。』」　白石ユキ原作;浅野妙子映画脚本;新倉なつき著　小学館(小学館ジュニア文庫)　2018年1月【児童文学】

「女優猫あなご」　工藤菊香著;藤凪かおるイラスト　小学館(小学館ジュニア文庫)　2018年2月【児童文学】

「妖精のメロンパン」　斉藤栄美作;染谷みのる絵　金の星社　2018年4月【児童文学】

「おばけのソッチぞびぞびオーディション―ポプラ社の新・小さな童話；314.小さなおばけ」　角野栄子さく;佐々木洋子え　ポプラ社　2018年8月【児童文学】

「くろグミ団は名探偵消えた楽譜」　ユリアン・プレス作・絵;大社玲子訳　岩波書店　2018年12月【児童文学】

「もしも、この町で2」　服部千春作;ほおのきソラ絵　講談社(講談社青い鳥文庫)　2018年12月【児童文学】

「もしも、この町で3」　服部千春作;ほおのきソラ絵　講談社(講談社青い鳥文庫)　2019年6月【児童文学】

「小説秘密のチャイハロ3」　鈴木おさむ原作;伊藤クミコ文;桜倉メグ絵　講談社(講談社青い鳥文庫)　2019年8月【児童文学】

「スターになったらふりむいて：ファーストキスはだれとする?」　みずのまい作;乙女坂心絵　集英社(集英社みらい文庫)　2019年10月【児童文学】

「小説午前0時、キスしに来てよ=COME TO KiSS AT 0:00 A.M下」　みきもと凛原作;時

海結以著　講談社（講談社KK文庫）　2019年11月【児童文学】

「スターになったらふりむいて [2]」　みずのまい作;乙女坂心絵　集英社（集英社みらい文庫）　2020年2月【児童文学】

「スターになったらふりむいて [3]」　みずのまい作;乙女坂心絵　集英社（集英社みらい文庫）　2020年6月【児童文学】

「ここはエンゲキ特区!」　保木本佳子著;環方このみイラスト　小学館（小学館ジュニア文庫）2020年9月【児童文学】

「鬼ガール!! : ツノは出るけど女優めざしますっ!」　中村航作;榊アヤミ絵　KADOKAWA（角川つばさ文庫）　2020年9月【児童文学】

「おちょやん 初恋編ーNHK連続テレビ小説. おちょやん小説版 ; 1巻」　八津弘幸作;三國月々子小説　学研プラス　2021年3月【児童文学】

「舞い下りた花嫁」　赤川次郎作;けーしん絵　実業之日本社（実業之日本社ジュニア文庫）2021年5月【児童文学】

「おちょやん 結婚編ーNHK連続テレビ小説. おちょやん小説版 ; 2巻」　八津弘幸作;三國月々子小説;舟崎泉美小説　学研プラス　2021年9月【児童文学】

「おちょやん 女優編ーNHK連続テレビ小説. おちょやん小説版 ; 3巻」　八津弘幸作;三國月々子小説;舟崎泉美小説　学研プラス　2021年9月【児童文学】

「もて?モテ! 7 (ある日〇〇で制服が×××なことに!)」　長野聖樹著　メディアファクトリー（MF文庫J）　2010年4月【ライトノベル・ライト文芸】

「使い魔の箱 : 欧州妖異譚 2」　篠原美季 [著]　講談社（講談社X文庫. White heart）　2011年1月【ライトノベル・ライト文芸】

「酸素は鏡に映らない」　上遠野浩平著　講談社（講談社ノベルス）　2011年5月【ライトノベル・ライト文芸】

「シアトロ惑星」　柴田科虎著　講談社（講談社BOX. BOX-AiR）　2012年8月【ライトノベル・ライト文芸】

「君は素知らぬ顔で」　飛鳥井千砂著　祥伝社（祥伝社文庫）　2013年2月【ライトノベル・ライト文芸】

「変身写真館」　真野朋子著　幻冬舎（幻冬舎文庫）　2013年2月【ライトノベル・ライト文芸】

「三月ウサギと秘密の花園 : 欧州妖異譚 7」　篠原美季著　講談社（講談社X文庫 white heart）　2013年6月【ライトノベル・ライト文芸】

「女優のたまごは寝坊する。」　深沢美潮著　早川書房（ハヤカワ文庫 JA）　2014年1月【ライトノベル・ライト文芸】

「三毛猫ホームズの花嫁人形」　赤川次郎著　KADOKAWA（角川文庫）　2014年5月【ライトノベル・ライト文芸】

「あいるさん、これは経費ですか? : 東京芸能会計事務所」　山田真哉著　KADOKAWA（角川文庫）　2014年11月【ライトノベル・ライト文芸】

「夢色キャスト : The AUDITION」　SEGA夢色カンパニー原作・イラスト;水野隆志著

2 テレビ、映画、エンタメにかかわる仕事

KADOKAWA(ビーズログ文庫アリス)　2016年11月【ライトノベル・ライト文芸】

「さびしい独裁者 新装版」　赤川次郎著　徳間書店(徳間文庫)　2017年1月【ライトノベル・ライト文芸】

「わたしはさくら。:捏造恋愛バラエティ、収録中」　光明寺祭人著　マイナビ出版(ファン文庫)　2017年1月【ライトノベル・ライト文芸】

「俳優探偵：僕と舞台と輝くあいつ」　佐藤友哉著　KADOKAWA(角川文庫)　2017年12月【ライトノベル・ライト文芸】

「高一の春、僕は世界を滅ぼす彼女(うさぎ)を癒せない。」　赤福大和著　講談社(講談社ラノベ文庫)　2018年3月【ライトノベル・ライト文芸】

「A3!：The Show Must Go On!」　リベル・エンタテインメント原作・監修;トム著　KADOKAWA(ビーズログ文庫アリス)　2018年6月【ライトノベル・ライト文芸】

「ゆら心霊相談所 5」　九条菜月著　中央公論新社(中公文庫)　2018年6月【ライトノベル・ライト文芸】

「片想い探偵 追掛日菜子」　辻堂ゆめ著　幻冬舎(幻冬舎文庫)　2018年6月【ライトノベル・ライト文芸】

「A3! [2]」　リベル・エンタテインメント原作・監修;トム著　KADOKAWA(ビーズログ文庫アリス)　2018年9月【ライトノベル・ライト文芸】

「逆流」　田中経一著　KADOKAWA　2019年1月【ライトノベル・ライト文芸】

「A3! [3]」　リベル・エンタテインメント原作・監修;トム著　KADOKAWA(ビーズログ文庫アリス)　2019年3月【ライトノベル・ライト文芸】

「トーテムポールの囁き：欧州妖異譚 21」　篠原美季著　講談社(講談社X文庫.white heart)　2019年3月【ライトノベル・ライト文芸】

「A3! [4]」　リベル・エンタテインメント原作・監修;トム著　KADOKAWA(ビーズログ文庫アリス)　2019年6月【ライトノベル・ライト文芸】

「フルコース夫人の冒険 新装版」　赤川次郎著　双葉社(双葉文庫)　2019年9月【ライトノベル・ライト文芸】

「A3! [5]」　リベル・エンタテインメント原作・監修;トム著　KADOKAWA(ビーズログ文庫アリス)　2020年2月【ライトノベル・ライト文芸】

「うちの中学二年の弟が」　我鳥彩子著　集英社(集英社オレンジ文庫)　2020年3月【ライトノベル・ライト文芸】

「どこか奇妙な恋物語」　晋藤歌六著　宝島社(宝島社文庫)　2020年3月【ライトノベル・ライト文芸】

「A3! [6]」　リベル・エンタテインメント原作・監修;トム著　KADOKAWA(ビーズログ文庫アリス)　2020年4月【ライトノベル・ライト文芸】

「化学探偵Mr.キュリー 9」　喜多喜久著　中央公論新社(中公文庫)　2020年4月【ライトノベル・ライト文芸】

「A3! [7]」　リベル・エンタテインメント原作・監修;トム著　KADOKAWA(ビーズログ文

庫アリス） 2020年7月【ライトノベル・ライト文芸】

「星と脚光：新人俳優のマネジメントレポート」 松澤くれは著 講談社（講談社タイガ） 2020年9月【ライトノベル・ライト文芸】

「A3! [8]」 リベル・エンタテインメント原作・監修;トム著 KADOKAWA（ビーズログ文庫アリス） 2020年10月【ライトノベル・ライト文芸】

「またもや片想い探偵 追掛日菜子」 辻堂ゆめ著 幻冬舎（幻冬舎文庫） 2020年10月【ライトノベル・ライト文芸】

「君と見つけたあの日のif」 いぬじゅん 著 PHP研究所（PHP文芸文庫） 2021年1月【ライトノベル・ライト文芸】

「京都祇園もも吉庵のあまから帖 3」 志賀内泰弘 著 PHP研究所（PHP文芸文庫） 2021年3月【ライトノベル・ライト文芸】

「美容室であった泣ける話：5分で読める12編のアンソロジー」 鳩見すた著;溝口智子著;ひらび久美著;矢凪著;杉背よい著;猫屋ちゃき著;浜野稚子著;桔梗楓著;楠谷佑著;鳴海澪著;神野オキナ著;朝来みゆか著 マイナビ出版（ファン文庫TearS） 2021年3月【ライトノベル・ライト文芸】

「初恋を応援してくれる幼なじみとのラブコメ」 神里大和著 KADOKAWA（富士見ファンタジア文庫） 2021年5月【ライトノベル・ライト文芸】

「探偵は追憶を描かない」 森晶麿 著 早川書房（ハヤカワ文庫 JA） 2021年5月【ライトノベル・ライト文芸】

「ニューノーマル・サマー」 椎名寅生著 新潮社（新潮文庫.nex） 2021年7月【ライトノベル・ライト文芸】

「うちら、まだ終わってないし」 宮津大蔵著 祥伝社（祥伝社文庫） 2021年11月【ライトノベル・ライト文芸】

「僕たちの幕が上がる」 辻村七子著 ポプラ社（ポプラ文庫ピュアフル） 2021年11月【ライトノベル・ライト文芸】

「天国までの49日間：ファーストラブ」 櫻井千姫著 スターツ出版（スターツ出版文庫） 2021年12月【ライトノベル・ライト文芸】

2 テレビ、映画、エンタメにかかわる仕事

アイドル

歌やダンス、演技などを通じて多くの人に元気や楽しさを届ける仕事です。ステージでパフォーマンスをしたり、テレビやラジオ、映画に出演したりするなど、エンターテインメント業界で活躍して、ファンと呼ばれる応援してくれる人たちに笑顔や感動を与えます。アイドルになるためには、歌やダンスの練習をたくさんして、ファンの期待に応えられるように頑張ります。アイドルのおかげで、笑顔になれて、毎日を楽しく過ごせる人たちがたくさんいます。

▶ お仕事について詳しく知るには

「ひめチェン!おとぎちっくアイドルリルぷりっノリノリっダンスブック：ダンスレッスンDVD―小学館のカラーワイド」 SSJ監修　小学館　2011年1月【学習支援本】

「マスコミ芸能創作のしごと：人気の職業早わかり!」 PHP研究所編　PHP研究所　2011年6月【学習支援本】

「AKB48中学英語：中学全学年対象」 学研教育出版編　学研教育出版　2011年9月【学習支援本】

「AKB48 NEWS日記 2013 (日本を、世界をガチで語ります。)―暮しの設計」 読売KODOMO新聞編　中央公論新社　2013年7月【学習支援本】

「時代を切り開いた世界の10人：レジェンドストーリー 3」 髙木まさき監修　学研教育出版　2014年2月【学習支援本】

「AKB48、被災地へ行く」 石原真著　岩波書店（岩波ジュニア新書）　2015年10月【学習支援本】

「プリパラ：めざせ!アイドルみんなでかしこま―小学館のテレビ絵本」 プリパラ製作委員

会監修　小学館　2015年10月【学習支援本】

「アイドルになりたい!」　中森明夫著　筑摩書房（ちくまプリマー新書）　2017年4月【学習支援本】

「NHKみんなのうたフルーツ5姉妹feat.ももいろクローバーZキャラクターBOOK―教養・文化シリーズ」　NHK出版編　NHK出版　2017年6月【学習支援本】

「アイドル誕生!：こんなわたしがAKB48に!?」　柏木由紀著;笹木一二三イラスト　小学館（小学館ジュニア文庫）　2018年6月【学習支援本】

「お仕事でめいろあそび」　奥谷敏彦;嵩瀬ひろし;土門トキオ 作;雨音くるみ;尾池ユリ絵;おうせめい;神威なつき;こいち;星谷ゆき;山上七生 絵　成美堂出版　2018年12月【学習支援本】

「仕事の歴史図鑑：今まで続いてきたひみつを探る 3」　本郷和人監修　くもん出版　2021年10月【学習支援本】

▶お仕事の様子をお話で読むには

「彼女（アイドル）はつっこまれるのが好き!」　サイトーマサト著　アスキー・メディアワークス（電撃文庫）　2010年7月【ライトノベル・ライト文芸】

「彼女（アイドル）はつっこまれるのが好き! 2」　サイトーマサト著　アスキー・メディアワークス（電撃文庫）　2010年11月【ライトノベル・ライト文芸】

「彼女（アイドル）はつっこまれるのが好き! 3」　サイトーマサト著　アスキー・メディアワークス（電撃文庫）　2011年3月【ライトノベル・ライト文芸】

「彼女（アイドル）はつっこまれるのが好き! 4」　サイトーマサト著　アスキー・メディアワークス（電撃文庫）　2011年7月【ライトノベル・ライト文芸】

「彼女（アイドル）はつっこまれるのが好き! 5」　サイトーマサト著　アスキー・メディアワークス（電撃文庫 = DENGEKI BUNKO）　2011年12月【ライトノベル・ライト文芸】

「彼女（アイドル）はつっこまれるのが好き! 6」　サイトーマサト著　アスキー・メディアワークス（電撃文庫）　2012年3月【ライトノベル・ライト文芸】

「彼女（アイドル）はつっこまれるのが好き! 7」サイトーマサト著　アスキー・メディアワークス（電撃文庫）2012年7月【ライトノベル・ライト文芸】

「彼女（アイドル）はつっこまれるのが好き! 8」サイトーマサト著　アスキー・メディアワークス（電撃文庫）2012年11月【ライトノベル・ライト文芸】

「彼女（アイドル）はつっこまれるのが好き! 9」　サイトーマサト著　アスキー・メディアワークス（電撃文庫）　2013年3月【ライトノベル・ライト文芸】

「彼女（アイドル）はつっこまれるのが好き! 10（アフターレコーディング）」　サイトーマサト著　アスキー・メディアワークス（電撃文庫）　2013年7月【ライトノベル・ライト文芸】

「幼なじみが絶対に負けないラブコメ 6」　二丸修一著　KADOKAWA（電撃文庫）　2021年2月【ライトノベル・ライト文芸】

2 テレビ、映画、エンタメにかかわる仕事

声優

アニメやゲーム、映画の中でキャラクターに声をあてる仕事で、キャラクターの性格やセリフ、感情に合わせて声を変えたり、感情豊かに演じたりして、そのキャラクターをもっと魅力的に見せる役割を果たします。例えば、元気なキャラクターには明るくてハキハキ

した声を、怖いキャラクターには低くて怖そうな声を使います。声優は、声だけで感情や性格を伝えるために、たくさんの練習や工夫を重ねます。声優のおかげで、アニメやゲームのキャラクターが生き生きと感じられ、見る人をその世界に引き込むことができます。

▶お仕事について詳しく知るには

「仕事の図鑑：なりたい自分を見つける!. 13 (人の心を動かす芸術文化の仕事)」「仕事の図鑑」編集委員会 編　あかね書房　2010年3月【学習支援本】

「アンナ流親子ゲンカはガチでいけ!―14歳の世渡り術」　土屋アンナ著　河出書房新社　2011年5月【学習支援本】

「職場体験完全ガイド. 35　ポプラ社　2013年4月【学習支援本】

「夢のお仕事さがし大図鑑：名作マンガで「すき!」を見つける. 5」　夢のお仕事さがし大図鑑編集委員会 編　日本図書センター　2016年9月【学習支援本】

▶お仕事の様子をお話で読むには

「声優探偵ゆりんの事件簿：舞台に潜む闇」　芳村れいな作;美麻りん絵　学研パブリッシング（アニメディアブックス）　2013年6月【児童文学】

「スイート・ライン 3(オーディション編)」　有沢まみず著　アスキー・メディアワークス（電撃文庫）　2010年3月【ライトノベル・ライト文芸】

「天色のソノリテ」　童本さくら著　一迅社（一迅社文庫アイリス）　2011年2月【ライトノベル・ライト文芸】

「しゅらばら!」　岸杯也著　メディアファクトリー（MF文庫J）　2011年4月【ライトノベル・

ライト文芸】

「ボイス坂：あたし、たぶん声優向いてない」 高遠るい著　集英社(集英社スーパーダッシュ文庫)　2012年8月【ライトノベル・ライト文芸】

「ヒメこえ」 太田顕喜著　メディアファクトリー(MF文庫J)　2012年12月【ライトノベル・ライト文芸】

「ボイス坂2(あたしもそろそろ誉められたい)」 高遠るい著　集英社(集英社スーパーダッシュ文庫)　2013年3月【ライトノベル・ライト文芸】

「俺がお嬢様学校に「庶民サンプル」として拉致られた件5 特装版」 七月隆文著　一迅社(一迅社文庫)　2013年3月【ライトノベル・ライト文芸】

「俺がお嬢様学校に「庶民サンプル」として拉致られた件5」 七月隆文著　一迅社(一迅社文庫)　2013年3月【ライトノベル・ライト文芸】

「俺の教室(クラス)にハルヒはいない」 新井輝著　角川書店(角川スニーカー文庫)　2013年9月【ライトノベル・ライト文芸】

「俺の教室(クラス)にハルヒはいない2」 新井輝著　KADOKAWA(角川スニーカー文庫)　2014年1月【ライトノベル・ライト文芸】

「声優ユニットはじめました。」 藤原たすく著　小学館(ガガガ文庫)　2014年1月【ライトノベル・ライト文芸】

「男子高校生で売れっ子ライトノベル作家をしているけれど、年下のクラスメイトで声優の女の子に首を絞められている。1 (Time to Play 上)」 時雨沢恵一著　KADOKAWA(電撃文庫)　2014年1月【ライトノベル・ライト文芸】

「男子高校生で売れっ子ライトノベル作家をしているけれど、年下のクラスメイトで声優の女の子に首を絞められている。2 (Time to Play 下)」 時雨沢恵一著　KADOKAWA(電撃文庫)　2014年3月【ライトノベル・ライト文芸】

「男子高校生で売れっ子ライトノベル作家をしているけれど、年下のクラスメイトで声優の女の子に首を絞められている。3 (Time to Pray)」 時雨沢恵一著　KADOKAWA(電撃文庫)　2014年6月【ライトノベル・ライト文芸】

「声優ユニットはじめました。2」 藤原たすく著　小学館(ガガガ文庫)　2014年7月【ライトノベル・ライト文芸】

「俺の教室(クラス)にハルヒはいない3」 新井輝著　KADOKAWA(角川スニーカー文庫)　2014年8月【ライトノベル・ライト文芸】

「SHIROBAKOイントロダクション」 武蔵野アニメーション原作;伊藤美智子小説;田中創小説;TAMA小説;吉成郁子小説　集英社(JUMP j BOOKS)　2015年1月【ライトノベル・ライト文芸】

「俺の教室(クラス)にハルヒはいない4」 新井輝著　KADOKAWA(角川スニーカー文庫)　2015年3月【ライトノベル・ライト文芸】

「ジョーカーズ!!」 ノギノアキゾウ著　集英社(ダッシュエックス文庫)　2015年6月【ライトノベル・ライト文芸】

2 テレビ、映画、エンタメにかかわる仕事

「プロデュース・オンライン：棒声優はネトゲで変わりたい。」　田尾典丈著　KADOKAWA（富士見ファンタジア文庫）　2017年2月【ライトノベル・ライト文芸】

「声のお仕事」　川端裕人著　文藝春秋（文春文庫）　2019年5月【ライトノベル・ライト文芸】

「コワモテの巨人くんはフラグだけはたてるんです。」　十本スイ著　小学館（ガガガ文庫）　2019年10月【ライトノベル・ライト文芸】

「声優ラジオのウラオモテ #01」　二月公著　KADOKAWA（電撃文庫）　2020年2月【ライトノベル・ライト文芸】

「声優ラジオのウラオモテ #02」　二月公著　KADOKAWA（電撃文庫）　2020年6月【ライトノベル・ライト文芸】

「女子高生声優・橋本ゆすらの攻略法」　浅月そら著　KADOKAWA（電撃文庫）　2020年10月【ライトノベル・ライト文芸】

「声優ラジオのウラオモテ #03」　二月公著　KADOKAWA（電撃文庫）　2020年11月【ライトノベル・ライト文芸】

「声優ラジオのウラオモテ #04」　二月公著　KADOKAWA（電撃文庫）　2021年2月【ライトノベル・ライト文芸】

「お嫁さんにしたいコンテスト1位の後輩に弱みを握られた 2」　岩波零著　KADOKAWA（MF文庫J）　2021年7月【ライトノベル・ライト文芸】

「声優ラジオのウラオモテ #05」　二月公著　KADOKAWA（電撃文庫）　2021年7月【ライトノベル・ライト文芸】

「声優ラジオのウラオモテ #06」　二月公著　KADOKAWA（電撃文庫）　2021年12月【ライトノベル・ライト文芸】

アナウンサー、リポーター、キャスター

テレビやラジオでニュースや情報を伝える仕事をする人たちです。アナウンサーは、ニュースや天気予報などをわかりやすく読み上げて、みんなに大事な情報を届けます。リポーターは、現場に行って実際に起こっていることをリポートし、視聴者にその場の様子を伝えます。例えば、スポーツの試合やイベントの様子を中継することもあります。キャスターは、ニュース番組の進行を担当し、いろいろなニュースをまとめて視聴者に届ける役割を担います。

▶ お仕事について詳しく知るには

「職場体験完全ガイド 25　ポプラ社　2011年3月【学習支援本】

「マスコミ芸能創作のしごと：人気の職業早わかり!」　PHP研究所編　PHP研究所　2011年6月【学習支援本】

「産業とくらしを変える情報化 1 (情報を伝える放送)」　堀田龍也監修　学研教育出版　2012年2月【学習支援本】

「アナウンサーになろう!：愛される話し方入門―心の友だち」　堤江実著　PHP研究所　2014年4月【学習支援本】

「理系アナ桝太一の生物部な毎日」　桝太一著　岩波書店（岩波ジュニア新書）　2014年7月【学習支援本】

「日本気象協会気象予報の最前線―このプロジェクトを追え!」　深光富士男文　佼成出版社　2014年8月【学習支援本】

「静岡放送テレビ番組制作の舞台裏―このプロジェクトを追え!」　深光富士男文　佼成出版社　2014年10月【学習支援本】

「キャリア教育に活きる!仕事ファイル：センパイに聞く 2」　小峰書店編集部編著　小峰書店　2017年4月【学習支援本】

「放送局で働く人たち：しごとの現場としくみがわかる! デジタルプリント版」　山中伊知郎著　ぺりかん社（しごと場見学!）　2018年1月【学習支援本】

「サッカーの仕事」　イケウチリリーマンガ・イラスト　ポプラ社（「好き」で見つける仕事ガ

2 テレビ、映画、エンタメにかかわる仕事

イド） 2019年3月【学習支援本】

「キャリア教育に活きる!仕事ファイル:センパイに聞く 15」 小峰書店編集部編著 小峰書店 2019年4月【学習支援本】

「キャリア教育支援ガイドお仕事ナビ 21」 お仕事ナビ編集室著 理論社 2020年5月【学習支援本】

▶お仕事の様子をお話で読むには

「なみきビブリオバトル・ストーリー 2」 森川成美作;おおぎやなぎちか作;赤羽じゅんこ作;松本聰美作;黒須高嶺絵 さ・え・ら書房 2018年2月【児童文学】

「みんなのふこう～葉崎は今夜も眠れない」 若竹七海著 ポプラ社(ポプラ文庫ピュアフル) 2013年1月【ライトノベル・ライト文芸】

「路地裏の吸血鬼」 赤川次郎著 集英社(コバルト文庫) 2014年7月【ライトノベル・ライト文芸】

「小説・LOVE SO LIFE:桜の花の咲く頃に」 こうち楓原作;望月柚枝小説 白泉社(花とゆめコミックススペシャル. 花とゆめノベルズ) 2015年5月【ライトノベル・ライト文芸】

「蝶が舞ったら、謎のち晴れ:気象予報士・蝶子の推理」 伊与原新著 新潮社(新潮文庫nex) 2015年8月【ライトノベル・ライト文芸】

「鋼の女子アナ。= LADY OF STEEL」 夏見正隆著 文芸社(文芸社文庫) 2015年12月【ライトノベル・ライト文芸】

「すしそばてんぷら」 藤野千夜著 角川春樹事務所(ハルキ文庫) 2017年1月【ライトノベル・ライト文芸】

「キャスター探偵愛優一郎の友情」 愁堂れな著 集英社(集英社オレンジ文庫) 2017年8月【ライトノベル・ライト文芸】

「キャスター探偵愛優一郎の宿敵」 愁堂れな著 集英社(集英社オレンジ文庫) 2018年1月【ライトノベル・ライト文芸】

「キャスター探偵愛優一郎の冤罪」 愁堂れな著 集英社(集英社オレンジ文庫) 2018年10月【ライトノベル・ライト文芸】

「ラジオラジオラジオ!」 加藤千恵著 河出書房新社(河出文庫) 2019年5月【ライトノベル・ライト文芸】

「魔法の声:長崎東山手放送局浪漫」 村山仁志著 マイクロマガジン社(ことのは文庫) 2020年12月【ライトノベル・ライト文芸】

お笑い芸人

みんなを笑わせることを仕事にしている人たちです。お笑い芸人は、ステージやテレビ、ラジオで面白い話をしたり、ユーモアたっぷりのコントや漫才を演じたりして、観客や視聴者を楽しませます。彼らは、笑いを生み出すために、毎日ネタを考えたり、練習を繰り返したりしています。また、他の芸人やスタッフと協力して、より面白いパフォーマンスやステージを作り上げます。お笑い芸人はみんなに笑顔と元気を届け、見る人たちの心を明るくしてくれます。

▶ お仕事について詳しく知るには

「職場体験完全ガイド 20 ポプラ社 2010年3月【学習支援本】

「がばいばあちゃんめざせ甲子園:みらい文庫版」 島田洋七作;西公平絵 集英社(集英社みらい文庫) 2011年5月【学習支援本】

「佐賀のがばいばあちゃん 1 (ばあちゃんとの出会い)」 島田洋七作;はたこうしろう絵 徳間書店 2011年10月【学習支援本】

「佐賀のがばいばあちゃん 2 (最高の運動会)」 島田洋七作;はたこうしろう絵 徳間書店 2011年10月【学習支援本】

「佐賀のがばいばあちゃん 3 (ほんとうのやさしさ)」 島田洋七作;はたこうしろう絵 徳間書店 2011年11月【学習支援本】

「佐賀のがばいばあちゃん 4 (夢を持ちつづけろ!)」 島田洋七作;はたこうしろう絵 徳間書店 2011年11月【学習支援本】

「感動する仕事!泣ける仕事!: お仕事熱血ストーリー 第2期 2 (あなたの笑顔が見たいから)」 日本児童文芸家協会編集 学研教育出版 2012年2月【学習支援本】

「ぼくは、いつでもぼくだった。―くもんの児童文学」 いっこく堂著;中村景児絵 くもん出版 2012年10月【学習支援本】

「東日本大震災伝えなければならない100の物語 第8巻 (広がりゆく支援の輪)」 学研教育出版著 学研教育出版 2013年2月【学習支援本】

2 テレビ、映画、エンタメにかかわる仕事

「スーパーほいほいよしおじゃんけん」 小島よしお作　岩崎書店　2015年12月【学習支援本】

「芸人ディスティネーション＝GEININ DESTINATION 4」 天津向著　小学館（ガガガ文庫）2016年1月【学習支援本】

「デッドマンズTV(ティービー)」 リタ・ジェイ著　集英社（ダッシュエックス文庫）　2016年4月【学習支援本】

「はんざい漫才」 愛川晶著　文藝春秋（文春文庫）　2016年4月【学習支援本】

「東京謎解き下町めぐり：人力車娘とイケメン大道芸人の探偵帖」 宮川総一郎著　マイナビ出版（ファン文庫）　2018年6月【学習支援本】

▶お仕事の様子をお話で読むには

「あたしの、ボケのお姫様。—teens' best selections ; 41」 令丈ヒロ子著　ポプラ社　2016年10月【児童文学】

「ハナシがはずむ！：笑酔亭梅寿謎解噺 3」 田中啓文著　集英社（集英社文庫）　2010年2月【ライトノベル・ライト文芸】

「サキちゃんと天然さん 2」 陸凡鳥著　小学館（ガガガ文庫）　2010年8月【ライトノベル・ライト文芸】

「O/A(エー)：ラジオから生まれたアイドル!?」 渡会けいじ原作;根岸和哉著　富士見書房（富士見ファンタジア文庫）　2011年7月【ライトノベル・ライト文芸】

「古い腕時計：きのう逢えたら…」 蘇部健一著　徳間書店（徳間文庫）　2013年10月【ライトノベル・ライト文芸】

「宵鳴」 柴村仁著　講談社（講談社BOX）　2013年10月【ライトノベル・ライト文芸】

「芸人ディスティネーション＝GEININ DESTINATION」 天津向著　小学館（ガガガ文庫）　2014年5月【ライトノベル・ライト文芸】

「芸人ディスティネーション＝GEININ DESTINATION 2」 天津向著　小学館（ガガガ文庫）　2015年3月【ライトノベル・ライト文芸】

「芸人ディスティネーション＝GEININ DESTINATION 3」 天津向著　小学館（ガガガ文庫）　2015年8月【ライトノベル・ライト文芸】

「GETUP!GETLIVE!(ゲラゲラ)」 渡航著　文藝春秋　2020年2月【ライトノベル・ライト文芸】

ラジオパーソナリティー

ラジオ番組で話をして、リスナー(聞いている人)を楽しませる仕事です。彼らは、リスナーと会話するように話しながら、音楽を紹介したり、ニュースや天気の情報を伝えたりします。また、リスナーからのリクエストに応えたり、ゲストと一緒にトークをして、番組を進行します。ラジオパーソナリティーは、聞いている人がリラックスし、楽しめるように、話し方や声のトーンを工夫しています。彼らのおかげで、私たちは耳だけで楽しめる素敵な時間を過ごすことができます。

▶お仕事について詳しく知るには

「すべてバッチリ!!ワクワクお仕事ナビーピチ・レモンブックス」 ピチレモンブックス編集部 編　学研教育出版 学研マーケティング (発売)　2012年1月【学習支援本】

「ポプラディアプラス仕事・職業 = POPLAR ENCYCLOPEDIA PLUS Career Guide. 2　ポプラ社　2018年4月【学習支援本】

▶お仕事の様子をお話で読むには

「丘の上の赤い屋根」　青井夏海著　PHP研究所　2010年7月【ライトノベル・ライト文芸】

「この声が届いたら、もう一度きみに会いにいく」　朝来みゆか著　KADOKAWA(富士見L文庫)　2019年8月【ライトノベル・ライト文芸】

「どうかこの声が、あなたに届きますように」　浅葉なつ著　文藝春秋(文春文庫)　2019年9月【ライトノベル・ライト文芸】

2 テレビ、映画、エンタメにかかわる仕事

プロデューサー

映画やテレビ番組、音楽アルバムなどを作るときに、全体を計画してまとめる仕事をする人で、どんな作品を作るかを決めたり、そのために必要なお金や人を集めたりします。また、監督や俳優、スタッフと一緒に仕事を進めて、スケジュールどおりに作品が完成するように管理します。例えば、映画のプロデューサーは、映画のアイデアを考え、撮影場所を選び、出演者を決める手助けをします。プロデューサーのおかげで、関係者が協力して良い作品を作ることができ、私たちはその作品を楽しむことができます。

▶お仕事について詳しく知るには

「感動する仕事!泣ける仕事!:お仕事熱血ストーリー 第2期 1 (行動でメッセージを伝えたい)」 日本児童文芸家協会編集　学研教育出版　2012年2月【学習支援本】

▶お仕事の様子をお話で読むには

「ドラマドーリィ♪カノン [2] (未来は僕らの手の中)」 北川亜矢子著;やぶうち優原作・イラスト　小学館(小学館ジュニア文庫)　2014年5月【児童文学】

「ドーリィ♪カノン:ヒミツのライブ大作戦」 北川亜矢子著;やぶうち優原作・イラスト　小学館(小学館ジュニア文庫)　2014年12月【児童文学】

「バリキュン!!:史上空前のアイドル計画!?」 土屋理敬,蜜家ビィ著;陣名まいイラスト　小学館(小学館ジュニア文庫)　2015年2月【児童文学】

「かいけつゾロリスターたんじょう—ポプラ社の新・小さな童話 ; 322. かいけつゾロリシリーズ ; 66」 原ゆたかさく・え　ポプラ社　2019年12月【児童文学】

「迷い猫オーバーラン!9 (わたしがみんなに護られてるの)」 松智洋著　集英社(集英社スーパーダッシュ文庫)　2010年7月【ライトノベル・ライト文芸】

「アイ★チュウ:Fan×Fun×Gift♪」 pero著;リベル・エンタテインメント原作・監修　KADOKAWA(ビーズログ文庫アリス)　2016年3月【ライトノベル・ライト文芸】

「シンデレラゲーム = Cinderella Game」 新井淳平著　アミューズメントメディア総合学院AMG出版(AMGブックス)　2016年8月【ライトノベル・ライト文芸】

「ヒーローは眠らない」 伊丹央著　KADOKAWA（富士見L文庫）　2016年12月【ライトノベル・ライト文芸】

「楽園ノイズ 2」　杉井光著　KADOKAWA（電撃文庫）　2021年5月【ライトノベル・ライト文芸】

「レイの世界-Re:I- : Another World Tour 2」　時雨沢恵一著　ドワンゴ（25）　2021年8月【ライトノベル・ライト文芸】

放送作家、構成作家

テレビやラジオ番組のストーリーや企画を考える仕事で、バラエティ番組のゲームやクイズの内容、トーク番組で話すテーマや質問を考えます。例えば、出演者がどんな話をしたら面白いか、どんなコーナーが視聴者を楽しませるかを考え、それを台本（シナリオ）にまとめます。

放送作家は、視聴者が笑ったり、驚いたり、興味を持ったりするような番組を作るために、たくさんのアイデアを出します。また、番組がスムーズに進行するように、細かい部分まで計画を立て、出演者がどんなふうに話すかも指示します。

▶お仕事の様子をお話で読むには

「これでは数字が取れません」　望月拓海 著　講談社　2021年9月【ライトノベル・ライト文芸】

「これってヤラセじゃないですか?」　望月拓海 著　講談社　2021年11月【ライトノベル・ライト文芸】

2 テレビ、映画、エンタメにかかわる仕事

アニメーター

アニメのキャラクターや背景を描いて絵を動かす仕事です。たくさんの絵を少しずつ変えて描くことで、キャラクターが歩いたり、話したりしているように見せます。アニメーターは、その絵を一枚一枚描き、キャラクターが自然に動くように工夫します。その仕事はとても細かくて大変ですが、そのおかげで私たちは楽しくて美しいアニメを見て楽しむことができます。アニメーターは、アニメの世界を作り出す大切な役割を果たしています。

▶お仕事について詳しく知るには

「職場体験完全ガイド. 35　ポプラ社　2013年4月【学習支援本】

「なりたい自分を見つける!仕事の図鑑. 16 (生活をいろどるアートの仕事)」〈仕事の図鑑〉編集委員会 編　あかね書房　2014年3月【学習支援本】

「まんがとイラストの描き方 : いますぐ上達! 1 (人物を描こう 基本編)」 まんがイラスト研究会編　ポプラ社　2014年4月【学習支援本】

「キャリア教育支援ガイドお仕事ナビ 10」　お仕事ナビ編集室著　理論社　2016年3月【学習支援本】

「キャリア教育に活きる!仕事ファイル : センパイに聞く 1」 小峰書店編集部編著　小峰書店　2017年4月【学習支援本】

「密着!お仕事24時 6」　高山リョウ構成・文　岩崎書店　2019年2月【学習支援本】

▶お仕事の様子をお話で読むには

「さよならアリアドネ」　宮地昌幸著　早川書房(ハヤカワ文庫 JA)　2015年10月【ライトノベル・ライト文芸】

スタントマン

映画やテレビドラマで、危険なシーンを安全に演じる仕事で、例えば、高いところから飛び降りたり、アクションシーンでの激しい戦いを演じたりします。俳優がけがをしないように、スタントマンが代わりにそのシーンを演じます。スタントマンは、特殊な訓練を受けており、どんなに危険なシーンでも安全に演じられるように準備をします。彼らのおかげで、映画やドラマの中で迫力あるシーンを安心して撮影でき、私たちはそのスリルを楽しむことができます。スタントマンは、作品をもっと面白くするために、陰で支える大切な存在です。

▶お仕事について詳しく知るには

「ザ・裏方：キャリア教育に役立つ！1　フレーベル館　2018年11月【学習支援本】

タイムキーパー

テレビ番組やイベントなどで、時間どおりに進行するように見守る仕事です。例えば、テレビ番組では、決まった時間内にすべてのコーナーや内容が終わるように、進行状況をチェックしながら、必要な時には「あと何分です」と知らせます。タイムキーパーは、番組やイベントが予定どおりに進むように、細かく時間を管理することで、出演者やスタッフが安心して仕事を進められるようにサポートします。タイムキーパーのおかげで、私たちは番組やイベントをスムーズに楽しむことができます。

2 テレビ、映画、エンタメにかかわる仕事

アシスタントディレクター（AD）

テレビ番組や映画を作るときに、ディレクター（監督）を助ける仕事で、撮影現場での準備や進行をサポートし、スタッフや出演者とコミュニケーションをとって、みんながスムーズに仕事を進められるようにします。例えば、撮影の前に道具やセットがちゃんと準備されているか確認したり、出演者に次に何をするか伝えたりします。また、スケジュールを管理して、撮影が時間どおりに進むように気を配ります。ADは、目立つ仕事ではないけれど、作品を無事に完成させるためにとても大切な役割を果たしています。

照明技師

舞台や映画、テレビ番組などで、光を使うことで場面を明るくしたり、雰囲気を作ったりする仕事で、どのような光を使えば登場人物がよく見えるか、またはシーンがより感動的に見えるかを考えます。例えば、楽しい場面では明るい光を使ったり、怖い場面では暗い光や影を演出して工夫したりします。照明技師は、カメラや観客の目にどのように映るかを考えながら、ライトの色や角度、明るさを調整します。そのおかげで、シーンの雰囲気がより魅力的になり、私たちは作品をもっと楽しむことができます。

▶ お仕事について詳しく知るには

「仕事の図鑑：なりたい自分を見つける!. 13 (人の心を動かす芸術文化の仕事)」「仕事の図鑑」編集委員会 編　あかね書房　2010年3月【学習支援本】

「マスコミ芸能創作のしごと：人気の職業早わかり!」PHP研究所 編　PHP研究所　2011年6月【学習支援本】

監督、演出家、ディレクター

映画や舞台、テレビ番組などで作品を作るときに全体の指揮をとる役割を担い、どのようなストーリーやシーンにするかを考え、役者やスタッフに具体的な指示を出す人です。例えば、監督は映画のシーンごとに、どんな表情や動きをするか役者に伝えたり、カメラの角度を決めたりします。演出家は、舞台での演技や音楽、照明の使い方を考えます。ディレクターは、テレビ番組でどのように内容を進めるかを決めます。これらの職業の人たちが作品を魅力的で面白くするために全体をまとめ、みんなで協力して良い作品を作り上げます。

▶お仕事について詳しく知るには

「職場体験完全ガイド. 17　ポプラ社　2010年3月【学習支援本】

「マスコミ芸能創作のしごと：人気の職業早わかり！」　PHP研究所編　PHP研究所　2011年6月【学習支援本】

「職場体験完全ガイド. 40　ポプラ社　2014年4月【学習支援本】

「ポプラディアプラス仕事・職業 ＝ POPLAR ENCYCLOPEDIA PLUS Career Guide. 2　ポプラ社　2018年4月【学習支援本】

「ザ・裏方：キャリア教育に役立つ！1　フレーベル館　2018年11月【学習支援本】

「映画ってどうやってつくるの？」　フロランス・デュカトー文；シャンタル・ペタン絵；大久保清朗日本語版監修；野坂悦子訳　西村書店東京出版編集部　2019年2月【学習支援本】

「自分を信じた100人の男の子の物語：世界の変え方はひとつじゃない」　ベン・ブルックス文；クイントン・ウィンター絵；芹澤恵訳；高里ひろ訳　河出書房新社　2019年4月【学習支援本】

2 テレビ、映画、エンタメにかかわる仕事

「「映画」をつくった人：世界初の女性映画監督アリス・ギイ」　マーラ・ロックリフ作;シモーナ・チラオロ絵;杉本詠美訳　汐文社　2019年7月【学習支援本】

▶ お仕事の様子をお話で読むには

「仕事の図鑑：なりたい自分を見つける! 13 (人の心を動かす芸術文化の仕事)」「仕事の図鑑」編集委員会編　あかね書房　2010年3月【児童文学】

「映画カントクは中学生!：映画「やぎの冒険」」　艸場よしみ著　汐文社　2012年1月【児童文学】

「感動する仕事!泣ける仕事!：お仕事熱血ストーリー 第2期 1 (行動でメッセージを伝えたい)」　日本児童文芸家協会編集　学研教育出版　2012年2月【児童文学】

「わたしが子どもだったころ 2」　NHK「わたしが子どもだったころ」制作グループ編　ポプラ社　2012年3月【児童文学】

「円谷英二―コミック版世界の伝記;22」　坂本コウ漫画;柳沢宏シナリオ;円谷プロダクション監修　ポプラ社　2012年8月【児童文学】

「童貞の教室―よりみちパン!セ;P054」　松江哲明著;古泉智浩マンガ　イースト・プレス　2012年10月【児童文学】

「怪獣大全集 1 復刻版」　円谷英二監修　復刊ドットコム　2013年12月【児童文学】

「チャップリン―オールカラーまんがで読む知っておくべき世界の偉人;6」　パクヨナ文;クレパス絵;猪川なと訳　岩崎書店　2014年1月【児童文学】

「スピルバーグ―オールカラーまんがで読む知っておくべき世界の偉人;8」　イスジョン文;スタジオチョンビ絵;新井佐季子訳　岩崎書店　2014年2月【児童文学】

「心にひびくマンガの名言：人生の大切なことはマンガがすべて教えてくれる 5」　学研教育出版編集　学研教育出版　2014年2月【児童文学】

「職場体験完全ガイド 40」　加戸玲子　ポプラ社　2014年4月【児童文学】

「プチ革命言葉の森を育てよう」　ドリアン助川著　岩波書店(岩波ジュニア新書)　2014年7月【児童文学】

「黒澤明：日本映画の巨人：映画監督〈日本〉―ちくま評伝シリーズ〈ポルトレ〉」　筑摩書房編集部著　筑摩書房　2014年10月【児童文学】

「ジョージ・ルーカス：「スター・ウォーズ」の生みの親―ポプラ社ノンフィクション;25」　パム・ポラック著;メグ・ベルヴィソ著;田中奈津子訳　ポプラ社　2015年11月【児童文学】

「キャリア教育支援ガイドお仕事ナビ 10」　お仕事ナビ編集室著　理論社　2016年3月【児童文学】

「職場体験完全ガイド 47」　ポプラ社編集　ポプラ社　2016年4月【児童文学】

「きみが世界を変えるなら [3]」　石井光太著　ポプラ社　2016年7月【児童文学】

「ジョージ・ルーカス：「スター・ウォーズ」を作った男」　グレース・ノーウィッチ著;稲村広香訳;エリザベス・アルバ絵　講談社　2016年11月【児童文学】

「ウォルト・ディズニー伝記：ミッキーマウス、ディズニーランドを創った男」　ビル・スコ

ロン文;岡田好恵訳　講談社（講談社青い鳥文庫）　2017年3月【児童文学】

「円谷英二：怪獣やヒーローを生んだ映画監督」　田口成光文;黒須高嶺画　あかね書房（伝記を読もう）　2018年4月【児童文学】

「ゴースト―Sunnyside Books」　ジェイソン・レノルズ作;ないとうふみこ訳　小峰書店　2019年7月【児童文学】

「虹に向って走れ」　赤川次郎著　徳間書店（徳間文庫）　2011年2月【ライトノベル・ライト文芸】

「2」　野﨑まど著　アスキー・メディアワークス（メディアワークス文庫）　2012年8月【ライトノベル・ライト文芸】

「彼女が捕手（キャッチャー）になった理由」　明日崎幸著　一迅社（一迅社文庫）　2015年10月【ライトノベル・ライト文芸】

「監督が好き」　須藤靖貴著　角川春樹事務所（ハルキ文庫）　2016年8月【ライトノベル・ライト文芸】

「ぼくたちが本当にシタかったこと」　白都くろの著　小学館（ガガガ文庫）　2016年10月【ライトノベル・ライト文芸】

「Burn.」　加藤シゲアキ著　KADOKAWA（角川文庫）　2017年7月【ライトノベル・ライト文芸】

「撮影現場は止まらせない！：制作部女子・万理の謎解き」　藤石波矢著　KADOKAWA（角川文庫）　2017年11月【ライトノベル・ライト文芸】

「A3! : The Show Must Go On!」　リベル・エンタテインメント原作・監修;トム著　KADOKAWA（ビーズログ文庫アリス）　2018年6月【ライトノベル・ライト文芸】

「逆転ホームランの数式：転落の元エリートと弱小野球部が起こす奇跡」　つるみ犬丸著　KADOKAWA（メディアワークス文庫）　2018年7月【ライトノベル・ライト文芸】

「A3! [2]」　リベル・エンタテインメント原作・監修;トム著　KADOKAWA（ビーズログ文庫アリス）　2018年9月【ライトノベル・ライト文芸】

「A3! [3]」　リベル・エンタテインメント原作・監修;トム著　KADOKAWA（ビーズログ文庫アリス）　2019年3月【ライトノベル・ライト文芸】

「A3! [4]」　リベル・エンタテインメント原作・監修;トム著　KADOKAWA（ビーズログ文庫アリス）　2019年6月【ライトノベル・ライト文芸】

「A3! [5]」　リベル・エンタテインメント原作・監修;トム著　KADOKAWA（ビーズログ文庫アリス）　2020年2月【ライトノベル・ライト文芸】

「八月のシンデレラナイン [3]」　Akatsuki原作・イラスト　KADOKAWA（ファミ通文庫）　2020年7月【ライトノベル・ライト文芸】

「育ちざかりの教え子がやけにエモい 4」　鈴木大輔著　小学館（ガガガ文庫）　2021年6月【ライトノベル・ライト文芸】

「僕たちの幕が上がる」　辻村七子著　ポプラ社（ポプラ文庫ピュアフル）　2021年11月【ライトノベル・ライト文芸】

2 テレビ、映画、エンタメにかかわる仕事

カメラマン、フォトグラファー、写真家

カメラを使って、美しい風景や特別な瞬間や感動的な場面を写真に収めたり、映画やテレビといった映像媒体を撮影する仕事です。例えば、結婚式のような大切な日を写真に残したり、動物や自然の姿を撮影したり、雑誌や広告に使われる写真を撮ることもあります。

光の加減や構図（どのように物を並べるか）を工夫して、より魅力的な写真を撮るために努力します。また、映像カメラマンは監督やディレクターが思い描くイメージどおりの場面を撮影します。

▶お仕事について詳しく知るには

「感動する仕事!泣ける仕事!：お仕事熱血ストーリー4（ドキドキやワクワクを伝えたい）」　学研教育出版　2010年2月【学習支援本】

「牛をかぶったカメラマン：キーアトン兄弟の物語」　レベッカ・ボンド作;福本友美子訳　光村教育図書　2010年2月【学習支援本】

「虫の目で狙う奇跡の一枚：昆虫写真家の挑戦―ノンフィクション知られざる世界」　栗林慧著　金の星社　2010年2月【学習支援本】

「仕事の図鑑：なりたい自分を見つける!. 13（人の心を動かす芸術文化の仕事）」「仕事の図鑑」編集委員会 編　あかね書房　2010年3月【学習支援本】

「今森光彦ネイチャーフォト・ギャラリー四季を彩る小さな命・日本の昆虫」　今森光彦著　偕成社　2010年4月【学習支援本】

「ぼくは昆虫カメラマン：小さな命を見つめて―ノンフィクション・生きるチカラ;3」　新開孝写真・文　岩崎書店　2010年8月【学習支援本】

「クジラと海とぼく」　水口博也文;しろ絵　アリス館　2010年9月【学習支援本】

「ほたるの伝言」　小原玲著　教育出版　2010年9月【学習支援本】

「大人になったら何になる？：大好きなことを仕事にした人たちからあなたへのメッセージ」　ジェシカ・ロイ著;矢谷雅子訳　バベルプレス　2010年10月【学習支援本】

「職場体験完全ガイド 25　ポプラ社　2011年3月【学習支援本】

「私は海人写真家古谷千佳子―ノンフィクション・生きるチカラ;7」　古谷千佳子著　岩崎書店　2011年5月【学習支援本】

「マスコミ芸能創作のしごと：人気の職業早わかり！」 PHP研究所編　PHP研究所　2011年6月【学習支援本】

「ぼくが写真家になった理由(わけ)：クジラに教えられたこと―Sphere books」 水口博也著　シータス　2011年9月【学習支援本】

「ぼくは戦場カメラマン」 渡部陽一作　角川書店(角川つばさ文庫)　2012年2月【学習支援本】

「感動する仕事！泣ける仕事！：お仕事熱血ストーリー 第2期 2 (あなたの笑顔が見たいから)」 日本児童文芸家協会編集　学研教育出版　2012年2月【学習支援本】

「ロバート・キャパ：戦争の悲惨さを最前線で写したプロカメラマン―集英社版・学習漫画.世界の伝記NEXT」 永山愛子漫画;蛭海隆志シナリオ;長倉洋海監修・解説　集英社　2012年7月【学習支援本】

「東日本大震災伝えなければならない100の物語 第9巻 (再生と復興に向かって)」 学研教育出版著　学研教育出版　2013年2月【学習支援本】

「池上彰の新聞活用大事典：調べてまとめて発表しよう！2 (新聞をもっと知ろう！)」 池上彰監修　文渓堂　2013年3月【学習支援本】

「毎日新聞社記事づくりの現場―このプロジェクトを追え！」 深光富士男文　佼成出版社　2013年8月【学習支援本】

「水中さつえい大作戦 = HOW I TOOK PICTURES OF WILD DUCKS UNDERWATER―たくさんのふしぎ傑作集」 中川雄三文・写真・絵　福音館書店　2014年4月【学習支援本】

「静岡放送テレビ番組制作の舞台裏―このプロジェクトを追え！」 深光富士男文　佼成出版社　2014年10月【学習支援本】

「戦場カメラマン渡部陽一が見た世界 1 (学校)」 渡部陽一写真・文　くもん出版　2015年1月【学習支援本】

「陸のいきもの―光るいきもの」 大場裕一著;宮武健仁写真　くもん出版　2015年1月【学習支援本】

「アウトドアで働く―なるにはBOOKS；補巻16」 須藤ナオミ著;キャンプよろず相談所編　ぺりかん社　2015年2月【学習支援本】

「キノコ―光るいきもの」 大場裕一著;宮武健仁写真　くもん出版　2015年2月【学習支援本】

「海のいきもの―光るいきもの」 大場裕一著;宮武健仁写真　くもん出版　2015年2月【学習支援本】

「戦場カメラマン渡部陽一が見た世界 2 (家族)」 渡部陽一写真・文　くもん出版　2015年2月【学習支援本】

「戦場カメラマン渡部陽一が見た世界 3 (友だち)」 渡部陽一写真・文　くもん出版　2015年2月【学習支援本】

「滋賀の子どものたからばこ 続」 滋賀県児童図書研究会編　サンライズ出版　2015年3月【学習支援本】

2 テレビ、映画、エンタメにかかわる仕事

「職場体験完全ガイド 45」 ポプラ社編集 ポプラ社 2015年4月【学習支援本】

「現場で働く人たち：現場写真がいっぱい 4」 こどもくらぶ編・著 あすなろ書房 2016年2月【学習支援本】

「星野道夫：アラスカのいのちを撮りつづけて―PHP心のノンフィクション」 国松俊英著 PHP研究所 2016年2月【学習支援本】

「ゴードン・パークス」 キャロル・ボストン・ウェザーフォード文;ジェイミー・クリストフ絵;越前敏弥訳 光村教育図書 2016年9月【学習支援本】

「生きている火山―火山の国に生きる」 宮武健仁写真・文;井口正人監修 くもん出版 2017年1月【学習支援本】

「日本の火山―火山の国に生きる」 宮武健仁写真・文;井口正人監修 くもん出版 2017年2月【学習支援本】

「写真で伝える仕事：世界の子どもたちと向き合って」 安田菜津紀著 日本写真企画 2017年3月【学習支援本】

「キャリア教育に活きる!仕事ファイル：センパイに聞く 3」 小峰書店編集部編著 小峰書店 2017年4月【学習支援本】

「私、日本に住んでいます」 スベンドリニ・カクチ著 岩波書店（岩波ジュニア新書） 2017年10月【学習支援本】

「ジェームズ、わたしを撮って！：ハーレムの「輝き」を撮り続けた黒人写真家」 アンドレア・J・ローニー文;キース・マレット絵;渋谷弘子訳 汐文社 2018年3月【学習支援本】

「報道カメラマンの課外授業：いっしょに考えよう、戦争のこと 1」 石川文洋写真・文 童心社 2018年3月【学習支援本】

「報道カメラマンの課外授業：いっしょに考えよう、戦争のこと 2」 石川文洋写真・文 童心社 2018年3月【学習支援本】

「報道カメラマンの課外授業：いっしょに考えよう、戦争のこと 3」 石川文洋写真・文 童心社 2018年3月【学習支援本】

「報道カメラマンの課外授業：いっしょに考えよう、戦争のこと 4」 石川文洋写真・文 童心社 2018年3月【学習支援本】

「マングローブの木の下で―ぴっかぴかえほん」 横塚眞己人写真と文 小学館 2018年6月【学習支援本】

「いま生きているという冒険 増補新版」 石川直樹著 新曜社（よりみちパン!セ） 2019年5月【学習支援本】

「キャパとゲルダ：ふたりの戦場カメラマン」 マーク・アロンソン著;マリナ・ブドーズ著;原田勝訳 あすなろ書房 2019年9月【学習支援本】

「キャリア教育に活きる!仕事ファイル：センパイに聞く 22」 小峰書店編集部編著 小峰書店 2020年4月【学習支援本】

「キャリア教育支援ガイドお仕事ナビ 21」 お仕事ナビ編集室著 理論社 2020年5月【学習支援本】

「フクシマ：2011年3月11日から変わったくらし」　内堀タケシ写真・文　国土社　2021年2月【学習支援本】

「毎日がつまらない君へー10分後に自分の世界が広がる手紙. 学校がもっとすきになるシリーズ」　佐藤慧著　東洋館出版社　2021年3月【学習支援本】

▶ お仕事の様子をお話で読むには

「ポケットに砂と雪ーおはなしのたからばこ；19」　和田誠文・絵　フェリシモ　2010年1月【絵本】

「青のなかの青：アンナ・アトキンスと世界で最初の青い写真集ー評論社の児童図書館・絵本の部屋」　フィオナ・ロビンソンさく；せなあいこやく　評論社　2021年3月【絵本】

「小説毎日かあさん：おかえりなさいの待つ家に」　西原理恵子原作；市川丈夫文；丸岡巧絵　アスキー・メディアワークス（角川つばさ文庫）　2011年1月【児童文学】

「小説毎日かあさん2（山のむこうで、空のむこうで）」　西原理恵子原作；市川丈夫文；丸岡巧絵　アスキー・メディアワークス（角川つばさ文庫）　2011年11月【児童文学】

「廃墟のアルバムーマリア探偵社；13」　川北亮司作；大井知美画　岩崎書店（フォア文庫）　2012年5月【児童文学】

「12月の夏休み：ケンタとミノリの冒険日記」　川端裕人作；杉田比呂美絵　偕成社　2012年6月【児童文学】

「どうぶつと魔法の街：不思議なお姫様、来る！」　高瀬美恵作；POP絵　アスキー・メディアワークス（角川つばさ文庫）　2013年2月【児童文学】

「占い屋敷の夏休み」　西村友里作；松嶌舞夢画　金の星社　2014年12月【児童文学】

「まぼろし写真館ーキッズ文学館」　福明子作；小泉るみ子絵　学研教育出版　2015年5月【児童文学】

「ミノールとキビタのねがいごと」　椎野由美作・絵　文芸社　2015年7月【児童文学】

「ねこの町のダリオ写真館」　小手鞠るい作；くまあやこ絵　講談社（わくわくライブラリー）　2017年11月【児童文学】

「ラスト・メメント：遺品蒐集家・高坂和泉の日常」　鈴木麻純著　角川書店　2011年10月【ライトノベル・ライト文芸】

「R-15 カメラ少女の純愛スランプ!?」　伏見ひろゆき著　角川書店（角川文庫.角川スニーカー文庫）　2012年1月【ライトノベル・ライト文芸】

「ラスト・メメント：死者の行進」　鈴木麻純著　角川書店（角川ホラー文庫）　2013年1月【ライトノベル・ライト文芸】

「ラスト・メメント [2] (商人と死)」　鈴木麻純著　角川書店（角川ホラー文庫）　2013年3月【ライトノベル・ライト文芸】

「ラスト・メメント [3] (兵士と死)」　鈴木麻純著　角川書店（角川ホラー文庫）　2013年5月【ライトノベル・ライト文芸】

2 テレビ、映画、エンタメにかかわる仕事

「廃墟写真家：真夜中の廃線」 花夜光著　KADOKAWA（富士見L文庫）　2015年1月【ライトノベル・ライト文芸】

「快挙」 白石一文著　新潮社（新潮文庫）　2015年11月【ライトノベル・ライト文芸】

「闘う女」 小手鞠るい著　角川春樹事務所（ハルキ文庫）　2016年8月【ライトノベル・ライト文芸】

「撮られたい」 今野杏南著　TOブックス（TO文庫）　2016年9月【ライトノベル・ライト文芸】

「下町アパートのふしぎ管理人」 大城密著　KADOKAWA（角川文庫）　2017年1月【ライトノベル・ライト文芸】

「桜のような僕の恋人」 宇山佳佑著　集英社（集英社文庫）　2017年2月【ライトノベル・ライト文芸】

「砂に泳ぐ彼女」 飛鳥井千砂著　KADOKAWA（角川文庫）　2017年6月【ライトノベル・ライト文芸】

「美の奇人たち = The Great Eccentric of Art：森之宮芸大前アパートの攻防」 美奈川護著　KADOKAWA（メディアワークス文庫）　2017年8月【ライトノベル・ライト文芸】

「いすみ写真館の想い出ポートレイト = ISUMI PHOTO STUDIO Memories Portrait Photography」 周防ツカサ著　KADOKAWA（メディアワークス文庫）　2017年9月【ライトノベル・ライト文芸】

「歌うエスカルゴ」 津原泰水著　角川春樹事務所（ハルキ文庫）　2017年11月【ライトノベル・ライト文芸】

「銀塩写真探偵：一九八五年の光」 ほしおさなえ著　KADOKAWA（角川文庫）　2018年5月【ライトノベル・ライト文芸】

「京都下鴨なぞとき写真帖」 柏井壽著　PHP研究所（PHP文芸文庫）　2018年7月【ライトノベル・ライト文芸】

「BANANA FISH #1」 吉田秋生原作;瀬古浩司脚本;ProjectBANANAFISH監修;小笠原みく著　小学館（小学館文庫キャラブン！）　2018年11月【ライトノベル・ライト文芸】

「京都下鴨なぞとき写真帖 2」 柏井壽著　PHP研究所（PHP文芸文庫）　2019年5月【ライトノベル・ライト文芸】

「僕と彼女の嘘つきなアルバム」 高木敦史著　KADOKAWA（角川文庫）　2019年11月【ライトノベル・ライト文芸】

「ぼくときみの半径にだけ届く魔法」 七月隆文著　幻冬舎（幻冬舎文庫）　2020年4月【ライトノベル・ライト文芸】

「電車であった泣ける話：あの日、あの車両で：感動して泣ける12編の短編集」 浅海ユウ著;石田空著;小野崎まち著;楠谷佑著;国沢裕著;杉背よい著;那識あきら著;猫屋ちゃき著;浜野稚子著;溝口智子著;迎ラミン著;矢凪著;ファン文庫Tears編　マイナビ出版（ファン文庫TearS）　2020年6月【ライトノベル・ライト文芸】

「その日、朱音は空を飛んだ」 武田綾乃 [著]　幻冬舎（幻冬舎文庫）　2021年4月【ライト

ノベル・ライト文芸】

「螢坂 新装版―香菜里屋シリーズ；3」 北森鴻［著］ 講談社（講談社文庫） 2021年4月【ライトノベル・ライト文芸】

「彼方のゴールド」 大崎梢著 文藝春秋（文春文庫） 2021年7月【ライトノベル・ライト文芸】

「房総グランオテル」 越谷オサム著 祥伝社（祥伝社文庫） 2021年7月【ライトノベル・ライト文芸】

「ホテルクラシカル猫番館：横浜山手のパン職人 5」 小湊悠貴著 集英社（集英社オレンジ文庫） 2021年12月【ライトノベル・ライト文芸】

音声・音響スタッフ

映画やテレビ番組、舞台で音を管理し、作品をより良くするために音響効果を作り出す仕事で、登場人物の声をクリアに聞こえるようにしたり、BGM（背景に流れる音楽）や効果音を使ってシーンを盛り上げたりします。例えば、緊張を高めるためにドキドキする音楽を入れたり、足音や雷の音をリアルに再現したりします。音声スタッフはマイクやスピーカーの調整を行い、音が正確に伝わるようにします。音響スタッフのおかげで、映像や舞台のシーンがより感動的に、より楽しめるものになります。

▶ お仕事について詳しく知るには

「ときめきハッピーおしごと事典スペシャル―キラかわ★ガール」 おしごとガール研究会著 ナツメ社 2017年12月【学習支援本】

「ポプラディアプラス仕事・職業 = POPLAR ENCYCLOPEDIA PLUS Career Guide. 2 ポプラ社 2018年4月【学習支援本】

2 テレビ、映画、エンタメにかかわる仕事

美術、大道具、小道具スタッフ

映画や舞台、テレビ番組で、シーンをリアルに見せるために背景や道具を作る仕事です。美術スタッフは、作品の世界観に合ったデザインを考え、全体の雰囲気を作り上げます。大道具スタッフは、舞台や撮影場所に建物や家具などの大きなセットを組み立てます。一方、小道具スタッフは、出演者が使う小さなアイテムや装飾品を準備し、シーンに合わせて配置します。これらのスタッフのおかげで、作品の中で登場人物が本当にその場所にいるように見え、物語がよりリアルで魅力的になります。

▶お仕事について詳しく知るには

「マスコミ芸能創作のしごと：人気の職業早わかり！」 PHP研究所 編　PHP研究所　2011年6月【学習支援本】

「職場体験完全ガイド.35　ポプラ社　2013年4月【学習支援本】

「ザ・裏方：キャリア教育に役立つ！1　フレーベル館　2018年11月【学習支援本】

テレビ局

私たちが家で見ているテレビ番組を作ったり放送したりする会社です。テレビ局では、ニュース、ドラマ、バラエティ番組、スポーツ中継など、さまざまな番組を制作します。番組を作るために、ディレクター、カメラマン、音声スタッフ、照明スタッフなど、多くの人が協力して働いています。制作した番組は、放送設備を使って各家庭のテレビに送られ、みんなが同じ時間に見られるようになっています。テレビ局は、情報や楽しさを届けるために、毎日一生懸命たくさんの人が働いている場所です。

▶ お仕事について詳しく知るには

「職場体験完全ガイド 69　ポプラ社　2020年4月【学習支援本】

芸能事務所

タレントや俳優、歌手など、芸能活動をする人たちをサポートする会社です。芸能事務所は、彼らがテレビや映画、コンサートなどに出演できるように仕事を見つけたり、スケジュールを管理したり、演技や歌のレッスンを手配したりして、彼らをサポートします。さらに、ファンとの交流イベントの企画や、メディアでの宣伝も行います。芸能事務所のおかげで、タレントや俳優たちは安心して仕事に集中でき、私たちはその活躍を楽しむことができます。

▶ お仕事の様子をお話で読むには

「逆流」　田中経一著　KADOKAWA　2019年1月【ライトノベル・ライト文芸】

2 テレビ、映画、エンタメにかかわる仕事

芸能マネージャー

タレントや俳優、歌手など、芸能活動をする人たちをサポートし、仕事がうまくいくように手助けする人です。タレントがどこでどのような仕事をするのか調整し、タレントのスケジュールを管理、調整します。また、仕事の現場に一緒に行って、タレントがリラックスして仕事に取り組めるようにサポートしたり、必要な情報を提供したりします。さらに、メディアやファンとの連絡役を担い、タレントの活動がうまくいくようにバックアップします。芸能マネージャーのおかげで、タレントは安心して仕事に集中できます。

▶お仕事について詳しく知るには

「夢のお仕事さがし大図鑑:名作マンガで「すき!」を見つける.5」 夢のお仕事さがし大図鑑編集委員会 編　日本図書センター　2016年9月【学習支援本】

「スイッチ!1」　深海ゆずは作;加々見絵里絵　KADOKAWA（角川つばさ文庫）　2018年2月【学習支援本】

「スイッチ!2」　深海ゆずは作;加々見絵里絵　KADOKAWA（角川つばさ文庫）　2018年8月【学習支援本】

「ザ・裏方:キャリア教育に役立つ!1　フレーベル館　2018年11月【学習支援本】

「スイッチ!3」　深海ゆずは作;加々見絵里絵　KADOKAWA（角川つばさ文庫）　2018年12月【学習支援本】

「スイッチ!4」　深海ゆずは作;加々見絵里絵　KADOKAWA（角川つばさ文庫）　2019年6月【学習支援本】

「スイッチ!×こちらパーティー編集部っ!:私たち、入れ替わっちゃった!?」　深海ゆずは作;加々見絵里絵;榎木りか絵　KADOKAWA（角川つばさ文庫）　2020年9月【学習支援本】

▶お仕事の様子をお話で読むには

「バニッシュ・ドロップス:家出中アイドルをフォローしますか?」　おかゆまさき著　アスキー・メディアワークス（電撃文庫）　2012年4月【ライトノベル・ライト文芸】

「LOST:風のうたがきこえる 上」　池部九郎著　KADOKAWA（ファミ通文庫）　2015年3月

【ライトノベル・ライト文芸】

「LOST:風のうたがきこえる 下」 池部九郎著　KADOKAWA（ファミ通文庫）　2015年4月【ライトノベル・ライト文芸】

「コンビ:南部芸能事務所 season5」　畑野智美著　講談社（講談社文庫）　2019年10月【ライトノベル・ライト文芸】

「ノンファンタジー―告白予行練習」　香坂茉里著;バーチャルジャニーズプロジェクト監修　KADOKAWA（角川ビーンズ文庫）　2019年12月【ライトノベル・ライト文芸】

「ヒロイン育成計画―告白予行練習」　香坂茉里著;バーチャルジャニーズプロジェクト監修　KADOKAWA（角川ビーンズ文庫）　2020年1月【ライトノベル・ライト文芸】

「うちの中学二年の弟が」　我鳥彩子著　集英社（集英社オレンジ文庫）　2020年3月【ライトノベル・ライト文芸】

「星と脚光:新人俳優のマネジメントレポート」　松澤くれは著　講談社（講談社タイガ）　2020年9月【ライトノベル・ライト文芸】

「シャインポスト = SHINE POST:ねえ知ってた?私を絶対アイドルにするための、ごく普通で当たり前な、とびっきりの魔法」　駱駝著　KADOKAWA（電撃文庫）　2021年10月【ライトノベル・ライト文芸】

「#柚莉愛とかくれんぼ」　真下みこと著　講談社（講談社文庫）　2021年11月【ライトノベル・ライト文芸】

映画宣伝、映画配給

映画をたくさんの人に知ってもらい、映画館で見てもらうための活動をする仕事で、ポスターやテレビCM、インターネットを使って映画の魅力を伝えます。例えば、映画の内容や見どころを紹介して、「この映画を見てみたい！」と思ってもらえるように工夫したり、映画を映画館やDVDショップ、インターネットの配信サービスなどに届けたりしています。また、どの映画館でどの映画を上映するかを決めたり、上映スケジュールを調整したりします。このように、映画宣伝と映画配給は、私たちが映画を楽しむためにとても重要な役割を果たしています。

▶お仕事について詳しく知るには

「新13歳のハローワーク」　村上龍 著;はまのゆか 絵　幻冬舎　2010年3月【学習支援本】

「料理旅行スポーツのしごと：人気の職業早わかり！」　PHP研究所 編　PHP研究所　2010年10月【学習支援本】

「すべてバッチリ!!ワクワクお仕事ナビーピチ・レモンブックス」　ピチレモンブックス編集部 編　学研教育出版　学研マーケティング（発売）　2012年1月【学習支援本】

「職場体験学習に行ってきました。：中学生が本物の「仕事」をやってみた! 9」　全国中学校進路指導連絡協議会 監修　学研教育出版　学研マーケティング（発売）　2014年2月【学習支援本】

「仕事を選ぶ：先輩が語る働く現場64」　朝日中学生ウイークリー編集部 編著　朝日学生新聞社　2014年3月【学習支援本】

「10代のための仕事図鑑 = The career guide for teenagers：未来の入り口に立つ君へ」　大泉書店編集部 編　大泉書店　2017年4月【学習支援本】

「ときめきハッピーおしごと事典スペシャルーキラかわ★ガール」　おしごとガール研究会 著　ナツメ社　2017年12月【学習支援本】

「キャリア教育に活きる!仕事ファイル：センパイに聞く。26」　小峰書店編集部 編著　小峰書店　2020年4月【学習支援本】

3

広告にかかわる仕事

3 広告にかかわる仕事

クリエイティブディレクター

広告やデザイン、映像などの作品を作るときに、その全体のアイデアやスタイルを考えて、チームをまとめる仕事です。例えば、新しい商品を宣伝するポスターを作るとき、どんな色やデザインにするか、どんな言葉を使うかを決めます。そして、デザイナーやライターと協力して、みんなが同じ方向に向かって仕事ができるようにリードします。クリエイティブディレクターは、作品がより魅力的で面白くなるように、アイデアを出し、全体をコントロールする役割を果たします。

> ▶お仕事について詳しく知るには
>
> 「キャリア教育に活きる!仕事ファイル:センパイに聞く.2」 小峰書店編集部 編著　小峰書店　2017年4月【学習支援本】

コピーライター

広告やポスター、ウェブサイトなどで使う、心に残る言葉やキャッチコピーを考える仕事をする人です。例えば、新しいお菓子を紹介する広告では「この味、やみつき!」といった短くて印象的なフレーズを作ります。コピーライターは、その商品やサービスの良さを、わかりやすく伝えるために、どんな言葉を使えば人々の心に響くかを考えています。そのおかげで、私たちはいろいろな商品やサービスの魅力を、その興味を惹かれる言葉によって、知ることができます。

> ▶お仕事の様子をお話で読むには
>
> 「ソラモリさんとわたし―フレーベル館文学の森」 はんだ浩恵作　フレーベル館　2021年12月【児童文学】

CMプランナー

テレビやインターネットで流れるコマーシャル（CM）を企画する仕事で、商品の魅力を短い時間でしっかり伝えるために、どんなアイデアやストーリーにするかを考えます。例えば、新しいジュースを宣伝するCMでは、どんな映像や音楽を使えば人々に「このジュースを飲んでみたい！」と思っ  てもらえるかを計画します。そして、そのアイデアをもとに、映像を作るチームと協力してCMを完成させます。CMプランナーのおかげで、私たちは面白くて印象に残るコマーシャルを見て、商品の魅力を知ることができます。

▶お仕事について詳しく知るには

「職場体験完全ガイド.17　ポプラ社　2010年3月【学習支援本】

3 広告にかかわる仕事

DTPデザイナー

パソコンを使って本や雑誌、チラシなどをデザインして、印刷するためのデータを作成する仕事です。DTPとは「Desktop Publishing（デスクトップ・パブリッシング）」の略で、コンピュータを使って印刷物を作ることを指します。DTPデザイナーは、文章や写真、イラストをきれいに配置し、見やすくて魅力的なデザインを作ります。文字の書体や色、写真の位置や大きさなどを工夫して、読み手が楽しく読めるようにします。

広告代理店

商品やサービスをたくさんの人に知ってもらうために、会社やお店が行う広告活動を手伝う仕事で、どんな広告が一番効果的かを考え、テレビCMやポスター、インターネット広告などを企画します。例えば、新しいゲームを売り出すときに、どんなCMを作れば多くの人がそのゲームに興味を持つかを考えます。また、広告をどのメディアに出せばいいかを決めたり、広告がうまくアピールできているかをチェックしたりもします。そのおかげで、企業は効果的な広告を通じて多くの人に商品を知ってもらうことができます。

広告業

商品の魅力を多くの人に伝えて、買ってもらうための工夫をするのが広告業界の仕事です。その仕事には、テレビCM、ポスター、インターネット広告など、さまざまな形で商品を宣伝する方法を考えることが含まれています。例えば、新しいおもちゃが発売されるとき、コピーライターやデザイナー、CMプランナーなどがチームとなり、商品の魅力をわかりやすく、そして面白く伝えるために、彼らはアイデアを出し合って広告を作ります。

▶お仕事について詳しく知るには

「キャリア教育に活きる!仕事ファイル:センパイに聞く2」 小峰書店編集部編著 小峰書店 2017年4月【学習支援本】

「インターネット広告のひみつ―学研まんがでよくわかるシリーズ;129」 鳥飼規世漫画;オフィス・イディオム構成 学研プラスメディアビジネス部コンテンツ営業室 2017年6月【学習支援本】

▶お仕事の様子をお話で読むには

「よろしくパンダ広告社」 間部香代作;三木謙次絵 学研プラス(ティーンズ文学館) 2019年6月【児童文学】

4

テレビ、映画、エンタメ、出版に関する知識

4 テレビ、映画、エンタメ、出版に関する知識

マーケティング

商品やサービスをたくさんの人に知ってもらい、買ってもらうために行う活動で、どんな人がその商品を必要としているかといったことを調べます。例えば、新しいお菓子を作るとき、そのお菓子をどんな味にすれば多くの人が喜んでくれるかを考え、そして、そのお菓子が魅力的に見えるようにパッケージや広告を工夫し、どこで売ればいいかを決めます。マーケティングのおかげで、企業はお客さんが何を求めているかを知り、それに応える商品やサービスを提供できるようになります。

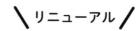

▶ お仕事について詳しく知るには

「戦う商業高校生リテールマーケティング戦隊」 髙見啓一著　栄光　2017年4月【学習支援本】

「14歳からのマーケティング」　中野明著　総合法令出版　2017年6月【学習支援本】

マスメディア

テレビ、新聞、ラジオ、インターネットなどを使って、多くの人に情報を伝える役割を担う業界のことです。マスメディアの仕事をする人たちは、ニュースやエンターテインメント、スポーツ、天気など、さまざまな情報を集めて、わかりやすく伝えます。例えば、テレビのニュース番組では、記者が取材をして集めた情報を、アナウンサーが視聴者に届けます。新聞記者は、出来事を文章にまとめて新聞に載せます。マスメディアのおかげで、私たちは世の中で何が起こっているかを知ることができ、必要な情報を手に入れることができます。

▶お仕事について詳しく知るには

「職場体験完全ガイド 17　ポプラ社　2010年3月【学習支援本】

「職場体験完全ガイド 25　ポプラ社　2011年3月【学習支援本】

「なぜ?どうして?仕事のお話：楽しくわかる!：将来を考えるきっかけになる!」　池田書店編集部編　池田書店　2013年12月【学習支援本】

「調べよう!考えよう!選手をささえる人たち 3」　大熊廣明監修;中嶋舞子著　ベースボール・マガジン社　2015年3月【学習支援本】

「職場体験完全ガイド 69　ポプラ社　2020年4月【学習支援本】

4 テレビ、映画、エンタメ、出版に関する知識

ラジオ

音楽やニュース、物語などの音声を聞くためのツールで、電波という目に見えない波を使って、遠くの場所から音が送られてきます。例えば、ラジオ局という場所から発信された音声は、ラジオを通じて私たちの耳に届きます。テレビと違って画面はなく、音だけで楽しむメディアです。昔から多くの人が使っていて、今でも車の中や家でラジオを聞くことができます。ラジオは情報を簡単に、どこでも聞ける便利な道具です。

▶お仕事について詳しく知るには

「ラジオ体操でみんな元気!2 (ラジオ体操第2)」 スタジオダンク作;青山敏彦監修 汐文社 2011年11月【学習支援本】

「感動する仕事!泣ける仕事!:お仕事熱血ストーリー 第2期6 (大丈夫、ぼくは君のそばにいる)」 日本児童文芸家協会編集 学研教育出版 2012年2月【学習支援本】

「東日本大震災伝えなければならない100の物語 第4巻 (助け合うこと)」 学研教育出版著 学研教育出版 2013年2月【学習支援本】

「社会科見学に役立つわたしたちのくらしとまちのしごと場5」 ニシ工芸児童教育研究所編 金の星社 2013年3月【学習支援本】

「新聞ってなに?―はじめての新聞学習」 古舘綾子構成・文;うしろだなぎさ絵 童心社 2013年3月【学習支援本】

「職場体験完全ガイド 47」 ポプラ社編集 ポプラ社 2016年4月【学習支援本】

「職場体験完全ガイド 69」 ポプラ社 2020年4月【学習支援本】

「知りたい!日本の伝統音楽3」 京都市立芸術大学日本伝統音楽研究センター監修 ミネルヴァ書房 2020年4月【学習支援本】

「くらしをくらべる戦前・戦中・戦後3」 古舘明廣著 岩崎書店 2021年3月【学習支援本】

校正、校閲

本や新聞、雑誌などに書かれた文章をチェックして、間違いがないかを確認することです。校正は、文章の中の誤字や脱字を見つけて直すことで、例えば、「間違い」とするべきところに「間違え」と書いてあるときに、それを正しい形に直します。校閲は、文章の内容が正しいかどうかを調べます。例えば、歴史の本で書かれている事実が本当に正しいかを確認します。校正や校閲のおかげで、本や記事が正確で読みやすくなり、私たちは安心して情報に触れることができます。

▶ お仕事の様子をお話で読むには

「シャインロード＝Shine Road」　升井純子著　講談社　2012年6月【児童文学】

4 テレビ、映画、エンタメ、出版に関する知識

プロモーション

商品やサービスを多くの人に知ってもらい、それに興味を持ってもらうための活動を企画することです。例えば、新しいおもちゃを売り出すとき、その魅力を伝えるイベントを開いたり、SNSでキャンペーンをしたりします。プロモーションをする人たちは、どうすればたくさんの人に知ってもらえるか、どんな方法が効果的かを考えて計画を立てたり、広告を作ったり、商品を紹介するポスターや映像を作ったりもします。プロモーションにより、私たちは新しい商品やサービスについて知ることができ、興味を持つきっかけを得られます。

Web・インターネット広告

インターネット上で商品やサービスを宣伝する方法です。例えば、YouTubeの動画を見るときや、スマホゲームをしているときに出てくる広告を見たことがあるかもしれません。これは、会社やお店が自分の商品をたくさんの人に知ってもらうために行っている活動です。インターネット広告は、テレビや新聞の広告とは違って、パソコンやスマートフォンで簡単に見ることができるのが特徴です。また、見ている人の興味に合わせた広告が表示されることもあります。

▶お仕事について詳しく知るには

「ネットで見たけどこれってホント？2」 北折一著 少年写真新聞社 2016年10月【学習支援本】

「インターネット広告のひみつ―学研まんがでよくわかるシリーズ；129」 鳥飼規世漫画；オフィス・イディオム構成 学研プラスメディアビジネス部コンテンツ営業室 2017年6月【学習支援本】

お仕事さくいん
テレビ・映画・エンタメ・
出版にかかわるお仕事

	2024年9月30日　第1刷発行
発行者	道家佳織
編集・発行	株式会社DBジャパン 〒151-0073　東京都渋谷区笹塚1-52-6 　　　　　　　　　　　　　千葉ビル1001
電話	03-6304-2431
ファクス	03-6369-3686
e-mail	books@db-japan.co.jp
装丁	DBジャパン
電算漢字処理	DBジャパン
印刷・製本	大日本法令印刷株式会社

不許複製・禁無断転載
〈落丁・乱丁本はお取り替えいたします〉
ISBN 978-4-86140-546-4
Printed in Japan